COLLECTION FICTION

DE LA MÊME AUTRICE, CHEZ LE MÊME ÉDITEUR

À crier dans les ruines, 2019 (Points, 2020).
La Dixième Muse, 2021 (Points, 2022).

KOSZELYK, Alexandra. *L'Archiviste*

Le poème du chapitre 33 est traduit par Henri Abril.

ISBN : 978-2-37305-655-6
Dépôt légal : 1re édition, octobre 2022

Couverture : Elena Vieillard
www.elenavieillard.fr

Les Éditions Aux forges de Vulcain
1 rue de la Montagne
77600 Bussy-Saint-Martin
www.auxforgesdevulcain.fr

L’Archiviste

Alexandra Koszelyk

Les Éditions Aux forges de Vulcain

À mes parents, héros éternels.

Il faut que les gens d'ici se sentent étrangers chez eux. Déraciner les peuples conquis a toujours été, sera toujours la politique des conquérants. Il faut tuer la cité au point que les citoyens sentent qu'une insurrection, même si elle réussissait, ne pourrait la ressusciter ; alors ils se soumettent.

Simone Weil, *Venise sauvée* (1943)

Chapitre 1

La nuit était tombée sur l'Ukraine.

Comme à son habitude, K était assise au bord du lit, attendant que sa mère s'endorme. La jeune femme était revenue vivre dans l'appartement de son enfance, après la crise qui avait laissé sa mère infirme. Une fois que les traits de celle-ci se détendirent, que sa respiration devint paisible, qu'elle retrouva sur son visage cette lucidité que l'éveil lui ôtait, K sortit de la chambre et referma la porte avec douceur. Dans la cuisine, elle prépara un café et, pendant que l'eau chauffait, alluma une cigarette, appuyée contre la fenêtre. Son regard se perdit dans la ville où les réverbères diffusaient une lumière douceâtre.

Des images de l'invasion lui revinrent.

La sidération le jour même, la bascule d'un temps vers un autre, ouvert à d'effrayantes incertitudes, cette faculté déjà de percevoir qu'un point sans retour venait d'être franchi… Comment aurait-elle pu se dire qu'un passé, dont chacun possédait encore le souvenir, allait redevenir l'exacte réalité ? N'apprend-on donc rien des leçons de la guerre ?

Les premiers bombardements, les premiers tirs, les incendies, les murs des immeubles qui tombaient par morceaux, éclatant au sol comme des fruits trop mûrs à la fin de l'été, des fruits lourds de tout ce que l'être humain n'arrive pas à comprendre. Partout disséminés, des objets du quotidien qui ne retrouveraient jamais leur usage et qui dans la rue devenaient absurdes, piétinés par la foule qui courait se mettre à l'abri aux premières sirènes. Combien de visages pétrifiés, ahuris à jamais par ce monde plein de douleurs, combien de corps fallait-il jeter à la hâte au creux des fosses pour éviter les maladies et la prolifération des vermines, combien d'enfants aux yeux emplis de visions d'horreur qui ne s'endormaient qu'au matin, épuisés par un combat nocturne contre une fatigue au goût de mort ?

Et ces autres, là-bas, dans ces pays hors d'atteinte où le quotidien n'avait pas été saccagé : combien de temps fallait-il pour que nos voix leur parviennent ? Jusqu'où l'écho d'un appel aux armes devait-il aller ? Quel degré d'horreur devait-on atteindre pour qu'ils réagissent ?

Les jours passaient et personne ne venait, les gens restaient incrédules.

Au hasard des rues, K aperçut ce duo de soldats, le fusil en bandoulière. Ils avaient visiblement pour mission de décrocher des panneaux. Les suites de la guerre passaient aussi par ces corrections apparemment anodines : faire passer toute la signalétique dans la langue de l'envahisseur, bannir celle du pays. L'invasion n'était pas terminée qu'elle préparait déjà le temps d'après : vieille méthode romaine de débaptiser les lieux.

L'un des soldats lança l'ancien panneau dans la benne d'un camion. Puis, il se tourna vers son comparse et celui-ci lui fit comprendre, d'un signe de tête, de continuer plus loin sur la chaussée. Ils remontèrent l'avenue, soulevant, avec moquerie, quelques pierres du bout de leurs chaussures, comme pour vérifier qu'en dessous ne restait aucun souvenir à effacer.

Un ours en peluche, jeté hors d'un immeuble en ruines, avec d'autres biens épars d'une famille, se trouvait sur leur chemin. Enhardi par la plaisanterie qui lui venait, un des soldats s'en empara avec violence et fit mine de le cajoler en lui grattant le ventre de l'index, feignant devant l'autre un visage attendri. Ils éclatèrent d'un rire sec, un rire sans humour. D'où elle était, K entendait une berceuse. Elle eut à peine le temps de comprendre que la mélodie venait de la peluche. Le soldat envoya l'ourson dans les airs, l'autre le rattrapa du pied et se mit à jongler avec, d'un pied à l'autre. Les deux hommes étaient hilares, ils s'amusaient ainsi, sans honneur, d'un débris d'enfance.

Après un dernier coup de pied dans la tête de l'ourson, les soldats disparurent au coin d'un carrefour. Le vent s'engouffra dans les immeubles troués d'obus, et K fut interpellée par cette solitude qui baignait les rues : les immeubles éventrés, jetés au sol, l'exode des femmes et des enfants, leur valise à la main, légère de la vie disparue mais alourdie du poids des adieux.

Personne n'était venu.

Sa patrie était malade, désormais. Comme après la Première Guerre mondiale, où l'Autriche-Hongrie s'était décomposée par traités successifs, ses frontières démantelées. Comme au temps des hordes mongoles, dépecée à vif, morcelée par un envahisseur qui poursuivait ses buts de guerre. Comme en 1667, au temps des cosaques aussi, où l'Ukraine fut partagée et divisée en deux, une partie à la Pologne, l'autre à la Russie.

Ce matin-là, quand les premiers tirs avaient touché la ville, dans une confusion terrible, les conservateurs et les travailleurs des établissements culturels du pays avaient décidé de mettre à l'abri les œuvres et les pièces placées sous leur responsabilité. Sous la menace des bombardements, ils n'avaient pas eu le loisir de les regrouper par époque, nature ou lieu d'exposition, mais les avaient indifféremment précipités au fond des galeries, des souterrains, des mines et des égouts. Ainsi l'art serait-il caché de la lumière, tandis qu'en surface les hommes continueraient de mener une lutte mortelle. Croire en l'avenir, et c'est tout l'enjeu d'une vie humaine, passe d'abord par la préservation du passé, face à une destruction imminente et sans visage.

À la hâte, des volontaires avaient décroché les toiles, transporté les statues, collecté des œuvres et des documents d'importance, laissant réapparaître dans les musées la couleur des sols et des murs nus. Au fil des jours et des avancées victorieuses de l'ennemi, K avait vu sa patrie devenir une fille abandonnée, mais qui n'en avait pas moins gardé son âme, même ensevelie.

Au carrefour des principaux boulevards de la ville, non loin des musées, la bibliothèque tenue par K s'élevait sur de gigantesques sous-sols. C'était un lieu babylonien, que son prédécesseur lui avait fait visiter quand cette archiviste avait pris ses fonctions de directrice. Ils avaient passé de longues heures à arpenter les couloirs voûtés, à la fraîcheur du monde.

« Vous pourrez entreposer ici vos meilleures bouteilles, avait-il plaisanté, personne ne vous les prendra ! À supposer que vous puissiez vous-même les retrouver ! »

K ne buvant pas, l'espace immense était resté absolument vide. Jusqu'à l'invasion.

Les sous-sols de la bibliothèque avaient constitué une cachette idéale. Les choses s'étaient précipitées, il avait fallu faire vite, les archivistes de la ville avaient décidé que cette ancienne abbatiale, avec ses nombreuses galeries souterraines, était le lieu idéal pour entreposer les œuvres. Les objets étaient arrivés portés à bout de bras, acheminés par des hommes, des femmes et des enfants, comme si c'était leur propre cœur tombé au sol. Les longs couloirs s'étaient remplis, le profane avait peu à peu côtoyé le sacré, sans distinction ou hiérarchie. Tout le patrimoine de la région et une partie de celui de la nation s'étaient retrouvés là, dans ces galeries souterraines, à dormir à l'abri des bombes.

Puis la ville avait été prise.

Les autres conservateurs n'étaient plus revenus. Certains étaient morts, engloutis par les combats, d'autres s'étaient exilés quelque part plus à l'ouest.

K était restée seule à garder les archives et les trésors du sous-sol : c'était son choix. Elle s'était décidée sans hésitation. Au fil des semaines, la jeune femme ne croisait presque plus personne dans les rues. Elle s'était dit qu'elle devait être la seule à savoir ce que ses souterrains dissimulaient. Elle se rappelait ses meilleures cachettes, quand elle était petite : c'étaient celles qui étaient à la vue de tous, où personne ne pensait chercher.

Dans la journée, son travail consistait à descendre l'escalier menant aux galeries, vers les tréfonds, pour répertorier les œuvres, recenser les pertes, étiqueter et préparer, en somme, leur éventuel retour dans les musées.

K était donc à la fenêtre, dans l'appartement de sa mère, regardant la ville. Dans la tasse, le café était devenu froid. La jeune femme l'avala d'un trait, avec une moue de dégoût. Toutes ces images pas si lointaines revenaient infatigablement à la charge, elles peuplaient ses journées autant que ses nuits. Mais que pouvait-elle faire d'autre qu'y penser, elle, l'archiviste ?

Sa bibliothèque offrait toujours la même température, le même éclairage tamisé, la même place pour les livres dans les rayonnages. K, en maîtresse des lieux, avait la certitude que le temps n'y ferait rien, que dans cent ans l'endroit serait identique. Les générations suivantes y découvriraient, émues, le frémissement de la source humaine : la pensée y était comme une eau qui repose, rescapée des tourments et des passions dont elle avait ruisselé. Les livres avaient toujours été des confidents aux vérités immuables.

Lors de ses nuits d'insomnie, la jeune archiviste n'hésitait pas à s'y retirer. Quand elle refermait la lourde porte sur le silence des choses, les voix du dehors s'éteignaient, elles qui la malmenaient et ensablaient désormais son cœur. Chaque fois, l'épaisseur de ces murs la préservait du chaos. K adorait plus que tout feuilleter des ouvrages, passer d'un volume du XVIe siècle à des textes plus contemporains, consulter des inventaires domaniaux comme s'il s'agissait de romans d'amour. Cette nuit-là encore, quand elle quitterait l'appartement de sa mère, ce refuge s'ouvrirait grand pour elle. Rester dans cet immeuble l'étouffait, elle y jetait partout un regard nostalgique.

C'était une habitation aux joies révolues. K avait désespérément essayé de revenir en arrière, se mettant parfois au piano ou dans le fauteuil du père, très longtemps interdit. Mais quelle réalité pouvait encore se comparer à la beauté des souvenirs ? Dans chacune des pièces s'entassaient les productions d'enfants de K et de sa sœur Mila : pendant sa jeunesse, avant de se marier, leur mère faisait figure d'artiste touche-à-tout. La maternité l'avait empêchée de poursuivre dans cette voie, mais elle avait transmis à ses deux filles son goût pour les arts et les correspondances qu'on peut déceler entre eux. Elle insistait beaucoup en souriant à ses jumelles : un art en éclaire toujours un autre sur une subtilité qui nous aurait autrement échappé. K s'était révélée virtuose, ce qui avait consolé sa mère d'avoir renoncé à une partie d'elle-même. D'ailleurs, elle disait à tous ceux qui voulaient l'entendre qu'en sa fille remuaient sans bruit de grandes aptitudes.

Une fois la tasse lavée, K sortit de l'appartement de sa mère. Le soir, étonnamment doux, sans vent ni fraîcheur, la désorienta vers le parc. Là-bas, sous les arbres, elle se promena et s'assit sur un roc quelques minutes. La plupart des gravats avaient été retirés, mais quelques-uns restaient entassés aux coins des rues, reliques posées là comme témoins de ce qu'avait été l'invasion.

K avait appris à vivre avec ces images. Après la stupéfaction et le déni était venu le temps de la colère. Elle s'était mise en tête de rejoindre le front, avait pris contact avec de vieilles connaissances susceptibles de la guider, mais elle était revenue à un sentiment plus pacifiste qui l'avait retenue d'accroître le désordre général. Elle s'était résignée à rester à l'arrière et avait cherché à mettre de l'ordre dans les galeries souterraines : telle serait sa façon de lutter, de prêter main-forte.

Une brise sur son visage la ramena au présent. Elle promena son regard sur le parc. À certains endroits, les arbres avaient plié, d'autres étaient calcinés. Jamais plus ils ne sortiraient leurs bourgeons et n'oseraient croître dans la quiétude du soleil. Un peu plus loin encore, derrière les hautes grilles, un immeuble montrait les deux visages de la guerre : d'un côté, ses murs semblaient tenir grâce au doigt d'un dieu badin ; de l'autre, des rideaux voletaient mollement aux fenêtres sans vitre et semblaient attendre qu'une main humaine les tire de nouveau. Des existences perdues criaient ici leur absence.

K se remit en route.

Autour d'elle, sans qu'elle les voie, des ombres avaient enveloppé son corps avec précaution. Chacune avait étendu son bras pour poser lentement sa main sur l'archiviste, et ce subtil toucher l'avait conduite vers la bibliothèque. D'autres, en arrière, marchaient dans ses pas et faisaient cortège. Toutes étaient comme aspirées vers ce dernier théâtre du monde.

K s'attardait rarement dans les rues, où elle peinait à retrouver les échos de l'ancien temps. Il n'y avait plus que les livres pour rejoindre le chemin de ce qu'elle connaissait. Au cœur de tous ces ouvrages, l'oralité du monde s'était effacé au profit de la page et de l'encre. L'écrit est ce chant silencieux qui conserve les productions de l'esprit au long des siècles : qu'est-ce qu'une langue, si ce n'est une musique au secours d'une idée, une harmonie et un rythme portés par les trouvailles de l'imaginaire ?

Les ombres suivaient K. Mortes depuis longtemps, elles n'avaient que cette jeune archiviste pour ne pas s'habituer au désespoir de leur fin. Tomber dans l'oubli était leur crainte unique, cela anéantirait définitivement tout ce qu'elles avaient été. Ces ombres avaient besoin d'elle pour garder leur consistance, vivre près de ce qui fait les œuvres d'art, afin de ne pas disparaître tout à fait. Grâce aux lectures que K donnait à voix haute, ces fantômes jaillissaient dans les allées de la bibliothèque, entendaient à nouveau l'éclat de leurs pas sur le sol retrouvé, et leurs gestes coïncidaient enfin avec des sons. Les ombres savaient que, ce soir, un être retirerait aux mots leur masque théorique, leur posture décapitée, qu'il leur redonnerait figure humaine et enlèverait la poussière d'oubli qui les étouffait, qu'il les sortirait de leurs pages, de leur témoignage, pour retrouver leurs rondeurs, leur peau. Leur existence, en somme.

Quand K ouvrit puis referma la porte de la bibliothèque, les ombres eurent juste le temps de se glisser derrière elle, avec l'impatience des choses qui ne meurent jamais. Une oreille délicate aurait entendu des soupirs de soulagement, ou bien relevé le grésillement soudain des lumières de la bibliothèque. Le doigt sur l'interrupteur, K se contenta de sourire aux vieilles lampes d'un jaune accueillant.

Elle savait qu'une fois encore elle ne dormirait pas, alors elle était venue. Plongée dans les histoires qui s'offraient à elle comme autant d'échappées heureuses et fondatrices. La fatigue s'éloignait ; une nouvelle fois, elle allait récolter les mots des autres. Le réel prendrait peu à peu la dimension d'un songe.

Ces mots noircis venus d'une autre époque n'en apparaissaient pas moins robustes, ils n'étaient pas devenus des spectres sortis de la tombe, mais étaient gorgés de mémoire, possédaient toujours leur ferveur, apparaissant même dans de nouveaux habits, éternellement jeunes : ils enjambaient le temps.

Mais cette nuit-là ne serait pas comme les autres. K ne resterait pas la maîtresse de son aventure, ses voiles iraient ailleurs, dans une direction inimaginable même pour une férue d'exploits littéraires.

CHAPITRE 2

Peu après minuit, des bruits se firent entendre dans l'antichambre, la serrure remua, les gonds grincèrent, troublant le repos des livres et des ombres. À ce moment-là, K regardait une feuille avec sa loupe, assise à son bureau au milieu de la pièce. Elle sentit un certain vide autour d'elle et se leva, le cœur inquiet. À sa connaissance, elle était la seule à posséder la clef de cette porte. Des bruits de pas s'approchèrent dans la bibliothèque et un homme svelte aux épaules carrées apparut. Habillé d'un trois-quarts sombre, aux nombreuses poches, il portait un chapeau. De la main gauche, il tenait une canne à pommeau en métal, et de la droite, il secouait un parapluie trempé. Puis il fixa l'archiviste quelques secondes en silence. Les lumières tressaillirent.

« Qui êtes-vous ? » lança K pour se donner du courage.

L'Homme au chapeau restait silencieux, il semblait attendre le moment où l'archiviste aurait dû s'avancer pour lui indiquer sans ménagement la sortie. Il enleva son chapeau et arrangea le ruban satiné qui en faisait le tour.

« Vous ne me posez pas la bonne question, ma chère. *Qu'est-ce que nous allons faire désormais ?* aurait plus justement permis d'envisager la suite. Mais vous ne pouvez pas savoir, c'est vrai. »

Il se mit à observer les voûtes et les rayonnages.

« L'endroit est merveilleux, on m'avait prévenu. »

S'avançant doucement, il parcourut du doigt le dos des volumes, s'arrêtant avec raideur sur quelques titres.

« Saint Thomas avait tort, il n'y a pas que ce qu'on voit qui existe. »

L'homme présentait sous la lumière une figure sans âge. Sa voix avait des accents guerriers qui ne laissaient aucune place à la contradiction. Il avait parlé sans regarder K dans les yeux, bien décidé, semblait-il, à ne le faire qu'à la toute fin, pour lui adresser expressément son opinion sur saint Thomas. L'archiviste ne savait pas comment interpréter ce regard : était-ce l'expression d'un goût pour le spectaculaire ou une mise en garde ?

Même si K s'efforçait de garder contenance, un tic nerveux traversa son visage. Elle resta muette. Aucune des réponses qui lui avaient traversé l'esprit ne présentait à son sens la fermeté nécessaire à cette troublante rencontre.

« Quel travail incroyable vous faites depuis plusieurs semaines ! On entend parler de vous de si loin. Vous en rougiriez ! »

Qui savait ce qu'elle faisait de ses journées ? N'était-elle pas la seule à être au courant que des objets d'art dormaient sous leurs pieds ?

« Comment... ?

— Ma chère, des espions étaient déjà dans votre pays avant même les premiers signes d'affrontement. »

L'homme se mit à rire et disparut au fond d'une allée pour revenir aussitôt vers K, une chaise à la main.

« Si vous permettez... »

Un sourire sarcastique accueillit le silence de l'archiviste, qui cherchait surtout un soulagement, l'assurance que cet homme n'avait, dans sa conduite ou ses paroles, aucune intention abjecte.

« Asseyez-vous, je vous en prie », dit l'Homme au chapeau, prenant lui-même place sur la chaise qu'il avait apportée.

Une fois installés, ils se regardèrent. Il dégageait un charme glaçant.

« Comment allait votre pauvre mère, ce soir ? »

K comprit. Elle dissimula sa main droite qui s'était mise à trembler. Aucun hasard n'avait commandé leur rencontre : l'homme devant elle n'était pas un malfrat qui avait crocheté une serrure, mais une autorité en mission qui avait la clef. Il voulait quelque chose d'elle. K bredouilla qu'elle allait bien. L'autre poursuivit :

« Vous êtes un exemple de piété filiale. »

L'homme sortit une cigarette et lui tendit le paquet.

« Non, merci.

— Vous vous interdisez ce plaisir ici. Cela paraît judicieux, parmi toutes ces feuilles mortes ! »

Il eut un sourire glacial en tirant ses premières bouffées.

« Vous n'êtes pas sans savoir que vous avez là un trésor sous terre. L'identité d'un pays. C'est considérable. Eh bien, nous allons tous deux la rendre plus précieuse encore. »

Il fit tomber quelques cendres sur le sol et marqua une pause.

« Ces objets vantent une gloire problématique. Et c'est peu dire qu'elle est de nos jours une source de désunion ! Il faut regarder la réalité en face. La foi en la pérennité de certains équilibres est touchante. Mais elle empêche des lois, plus permanentes et plus vastes que le folklore, d'exister. »

K hocha la tête sans prononcer un mot. Elle sentait cependant que le sujet allait la rétablir dans son autorité, puisque cet homme était finalement venu la trouver sur son propre terrain. Mais celui-ci ne semblait pas parler au hasard.

« Votre patrie s'est aveuglée à certains feux. Des feux qui ne lui appartiennent pas et ne lui appartiendront jamais. »

Il lorgna le texte que l'archiviste venait d'étudier, se penchant en avant pour en feuilleter rapidement les pages, avant de le laisser retomber avec dédain sur le bureau.

« La scission, c'est funeste et, de la part de votre pays, la dernière preuve du déclin de votre jugement. Depuis votre petite révolution, vous avez cherché à troquer notre fraternité millénaire contre des ententes cordiales, mais somme tout très superficielles. Vous vous êtes mis en quête de vraies relations de bureau. Quand on est collègue, on peut perdre rapidement son poste ; des frères peuvent bien se brouiller, ils n'en demeurent pas moins frères. »

L'Homme au chapeau s'était levé et avait disparu derrière K qui n'entendait plus que la ronde de ses pas sur le sol. Il était cette menace qu'enfant on devine à ces bruits errants dans la maison, inapte à distinguer ce qui tient du rêve ou d'un écho véritable. Puis l'intrus revint par l'autre côté. Sans que K, tétanisée, n'ait osé le suivre des yeux, elle voyait l'ombre grandissante de cet homme, à mesure qu'il s'approchait d'elle.

Cette fois, il s'assit sur le bureau, à une trentaine de centimètres de K. Il porta la cigarette à sa bouche, puis souffla sa fumée en direction de l'archiviste. Un temps, les deux visages furent séparés par cette brume de mépris. L'homme baissa les yeux, rouvrit le livre qu'il avait jeté auparavant, chercha la page qu'il semblait avoir repérée et, l'ayant trouvée, écrasa sa cigarette sur l'or du *trézub*, le trident de l'emblème national, puis referma le livre sur le mégot.

Les mains de K se tendirent vers le volume pour chasser les cendres. Mais, d'un regard noir, l'Homme au chapeau coupa court à cette initiative.

« Malgré cette fraternité entre nos peuples, quelque chose vous chiffonne, n'est-ce pas ? Quelque chose qui aurait le même poids qu'un caillou dans une chaussure, mais qui empêche définitivement notre marche commune. Eh bien, cette pierre qui nous blesse, c'est précisément ce que je viens enlever. Vous n'aurez plus de scrupules. Vous savez, ces petits cailloux dans les sandales des légionnaires romains qui ne devaient pas arrêter leur longue marche... »

Il venait de lever un sourcil. Toutes les forces dispersées de K se rassemblèrent.

« Ainsi, vous êtes là pour nous perdre définitivement. Occuper notre terre ne vous suffit pas ? » demanda-t-elle, soutenant son regard.

L'homme eut l'air surpris que cette petite femme pose si franchement la question.

« Vous avez le génie des questions qui tombent à côté ! Vouloir la solitude pour votre peuple, si près de nous autres, vos frères, ce serait vous condamner.

— Nous ne sommes pas seuls. Nous avons des amis qui ne sont pas comme vous ! » lança K qui se retint d'être plus effrontée.

L'homme alluma une nouvelle cigarette, puis soupira :

« Où sont-ils vos chers amis ? Vous comprendrez un jour qu'il n'y a que nous. La guerre n'a pour eux pas de sens, du moins pas celui que vous imaginez. Ils n'ont vu qu'une grande armée s'approcher d'eux : vous n'êtes rien qu'une brèche où le passé se précipite. Ils se sont groupés à vos frontières, et là, ils attendent. Ils ne viendront pas. »

K ne savait plus quoi répondre. Elle avait déjà constaté par elle-même ce qu'il disait, sans en être convaincue. L'homme changea de sujet :

« Assez parlé politique. À vous de réfléchir. Après tout, cela m'indiffère si vous aimez être dupe de vos amis. Ce n'est pas de mon ressort d'être courageux ou intelligent à votre place. »

Il la fixa un temps, puis porta son regard au loin, vers l'escalier en colimaçon qui descendait vers les sous-sols :

« Prenant les devants, vous avez choisi de l'enterrer vous-mêmes, comme un chien le fait pour ses os au fond du jardin. Mais tous ces objets vantent une gloire qui n'existe plus : celle de votre patrie. Il faut regarder la réalité en face. Cette culture a disparu sous les bombes. Ce serait complètement incohérent de remettre dans le musée des tableaux et des sculptures qui ne reflètent pas cette nouvelle réalité. »

K déglutit. Le projet de cet homme prenait forme.

« Il s'agit donc de montrer au peuple quelle est cette nouvelle culture. Entreprendre une profonde restructuration. Le pouvoir d'une nation repose sur ce qui fait son union, il suffit de voir les gens dans les rues, armes, fanions ou cercueils à la main, chanter un folklore vieilli, les entendre réciter les vers d'un barde mort depuis des siècles ! Il est temps de regarder l'avenir. Un pays, une nation, une culture !

— Par qui êtes-vous mandaté ? » interrogea K.

L'autre partit d'un petit rire.

« Considérez qu'il n'y a que moi. Je suis là pour que chacun tire le meilleur parti de l'existence. L'armée seule ne serait arrivée à rien. Il fallait bien user d'autres moyens, établir une autre stratégie qui ne passe pas par la force, mais bien par la culture. Voilà comment votre pays pliera. Ce que je vous demande de faire aura besoin de plus de temps pour se mettre en place, mais sera à terme bien plus efficace...

— Pernicieux, plutôt.

— Allons bon, ma chère... Non, moi, je veux montrer aux habitants de votre pays qu'ils étaient dans l'erreur, que leurs croyances étaient fausses, puisqu'elles ne sont plus réelles ! Et avec le temps, ils me croiront. L'esprit humain a ceci d'étrange : il n'aime pas le factice, mais à force d'y vivre, on finit par lui trouver du vrai. Vos semblables ne se souviendront plus de ce qu'ils avaient vu auparavant. À force, ils se rallieront à ce nouvel état, puisqu'il sera le seul, et cesseront de me parler de cette liberté si chère à leurs yeux. Il n'y aura plus qu'une vérité, celle que vous allez créer, grâce à vos connaissances et vos compétences artistiques ! Votre mère vous a bien initiée aux différents arts, n'est-ce pas ? »

À présent, l'homme regardait K par en dessous et la lumière crue dessinait ses cernes bruns. Il reprit :

« Il ne s'agit pas de tout changer, vous l'aurez compris, mais seulement certaines parties, détourner quelques vers, mettre un mot à la place d'un autre, gommer un personnage sur un tableau, remplacer un chef d'État sur une photographie, détourner un objet folklorique de son usage premier. Vous voyez bien, ce n'est pas grand-chose ! Il ne s'agit même pas de destruction mais de réorganisation, voire de création ! De devenir l'autrice de cette nouveauté ! »

L'homme devenait volubile. Il lui toucha l'épaule, sa main se refermant un peu trop sur K, et un sourire carnassier déforma son visage :

« N'est-ce pas excitant ? Votre travail ne devient-il pas intéressant ? Une fois maquillée comme elle devrait l'être, la culture retrouvera sa place dans les musées, les archives, et ces hommes cesseront de glorifier ce qui nous a conduits au bord du gouffre. »

De nouveau, l'Homme au chapeau se leva et fit le tour du bureau. Il fit signe à K de le suivre. Il descendit le premier l'escalier menant aux galeries souterraines. Sur sa nuque, ses cheveux dessinaient une ligne nette. Il marchait comme s'il connaissait par cœur ce lieu, puis il s'arrêta devant une statue en plâtre. C'était un cosaque assis, une bandoura entre ses jambes. Derrière lui, un cheval semblait l'écouter.

« Vous voyez cet instrument ? Vous le connaissez bien, non ? Il est l'élément principal de cette œuvre. Sans lui, cet homme regarderait ses pieds, on serait en droit de se demander ce qu'il fait... Mais voyez comment on peut modifier le symbole de cette création. »

Il terminait à peine ces paroles qu'il s'approcha de la sculpture, levant sa canne au-dessus de sa tête. K fut prise d'un affreux sentiment, osant à peine croire à cette scène qui se déroulait au ralenti. Le pommeau de la canne écrasa l'instrument, faisant gicler de part et d'autre des morceaux de plâtre. L'instant d'après, et sans que K ait eu l'opportunité ou l'audace de bouger, la bandoura était au sol, en miettes.

« Et voilà. Ce pauvre cosaque regarde maintenant ses pieds. Il ne sert plus à rien.

— Comment osez-vous ?

— Ma chère, c'est aussi ce que vous ferez. »

Puis, ramassant quelques morceaux qu'il écrasa dans sa paume, il ajouta :

« Les statues subissent toujours les aléas du temps. Leur nez tombe, souvent leurs bras. Je n'ai fait qu'accélérer les choses. Vous voyez, rien de très grave. »

Il se faufilait déjà hors de la galerie et remonta les marches. En haut des escaliers, il ajusta son chapeau, referma son trois-quarts.

« Ne faites pas cette tête, vous aurez la chance d'être l'artisane de ce renouveau. Dès demain, votre travail consistera à pétrir à neuf le visage de votre pays. »

Une nouvelle fois, la voix de K s'éleva :

« Je vais devoir détruire des œuvres ? »

La main de l'autre, qui refermait le dernier bouton de son manteau, s'arrêta.

« Les grands mots ! Tout dépend de quel côté on se place. Oui, voilà, modifier des mots, changer un emblème, des vers, des paroles. Je vous mettrai de petites enveloppes sur votre bureau, avec toutes les indications nécessaires. Votre mère m'a dit que vous aviez tous les outils nécessaires chez elle. »

Un murmure inaudible sortit de la bouche de K : elle repensait aux heures passées dans sa jeunesse avec sa mère à imaginer des mélodies, des formes de poteries, des toiles dont l'odeur de gouache chatouillait leurs narines. Mais là, l'art prenait une autre forme, perdait ses couleurs vives pour prendre celles de la mort. Enhardie par ses souvenirs, elle poursuivit :

« Vous me demandez cela à moi ? Moi qui passe ma vie dans les textes? Et là, vous débarquez en pleine nuit pour me pousser à ces crimes ? Mais cela ne fonctionnera jamais ! Ce n'est pas en changeant une version d'une œuvre qu'on modifie cette œuvre.

— Certes. En fait, je vous donne une place de choix : vous serez une artiste faussaire, celle qui change les œuvres et permet à d'autres de les modifier de la même manière. Une sorte de parangon, si vous préférez. Mes hommes ensuite se chargeront de les transmettre à d'autres techniciens qui à leur tour recopieront à l'identique ce que vous avez fait. C'est un grand cadeau que je vous fais là, vous allez entrer dans l'Histoire.

— Mais vous ne pourrez pas tout transformer, il en restera toujours une version quelque part qui sera à l'image de l'originale !

— Décidément... Vous, les démocrates, vous pensez que les dictateurs sont soit fous soit naïfs. Ils ne sont ni l'un ni l'autre. Par exemple, vous vous dites que la guerre que nous menons ici n'a d'impact que dans votre pays ? Mais ma chère, c'est toute l'Europe qui change de visage désormais ! Parfois, des choses se passent de façon silencieuse, mais les historiens verront plus tard des évidences que personne ne perçoit pour le moment. Mon plan est de cet ordre. Il se passe tout en douceur. Mon but n'est donc pas de tout métamorphoser, nous ne sommes plus à l'ère de la propagande dictatoriale classique ! Ce temps est révolu. Non, j'ai dans l'idée que la nouvelle force de propagande est ailleurs. Elle réside dans ce manque d'unité : instiller le doute face à des œuvres plurielles. De ces variantes naîtra une hésitation. Je m'insère dans cette brèche.

— Le soupçon ne l'emportera pas sur la vérité.

— Pas immédiatement, je vous l'accorde, mais nous aurons du temps. Puisque nous sommes chez nous désormais, il sera facile de placer nos pions au bon endroit. Nous mettrons des professeurs dociles, ils sauront étudier les bonnes œuvres, appuyer sur ce qu'il faut apprendre. »

K tremblait. Le plan de l'Homme au chapeau semblait sans faille. Elle n'était qu'archiviste, comment gagner contre lui ?

« Et pourquoi moi ? Il y a d'autres personnes que vous devez connaître qui seraient heureuses de remplir cette mission pour vous. »

Il joua avec le pommeau de sa canne entre ses doigts.

« Croyez-vous en la Providence ? Moi oui. Quand j'ai imaginé cette entreprise, je me suis renseigné. En ce lieu sont réunis deux éléments fondamentaux : vous avez accès aux œuvres à changer, puisqu'elles sont entreposées dans les sous-sols, et vous êtes la personne parfaite pour mener à bien mon grand projet.

— Comment ça ? Je ne suis qu'une archiviste.

— Voyons, voyons, vous vous sous-estimez toujours. Je sais qui vous êtes, quelle grande artiste a été votre mère, mais je connais aussi, petit point de détail important, ce don qu'elle vous a transmis. Les archives sont effectivement une mine de renseignements incroyable. Vous avez raison d'en prendre autant soin. Au hasard de mes recherches, j'ai découvert un article, extrait d'un journal local. Le journaliste y interrogeait votre mère et déplorait son adieu au monde culturel. Et vous savez ce qu'elle a répondu ? »

Il poursuivit, un sourire aux lèvres qu'elle ne réussit pas à interpréter :

« Une photographie illustre l'article, vous devez y avoir douze ou treize ans. Donc, votre mère répond qu'elle a la chance d'avoir une fille qui possède la même fibre artistique qu'elle, qu'ainsi elle vous forme en quelque sorte à ces différentes formes d'art qu'elle adore tant. Elle conclut par un : "Vous entendrez parler de ma fille." N'est-ce pas là une parole prophétique ? Il est temps de donner raison à votre mère. Je suis allé chez elle. C'est fou ce qu'on garde comme objets plutôt que de les jeter. J'ai vu ce que vous étiez capable de créer. Il est temps de sortir de votre chrysalide et de dévoiler cette artiste qui dort en vous ! Il n'y a pas de hasard dans la vie, et tout est réuni pour que mon projet aboutisse. »

K se remémora une scène. Elle devait avoir dix-sept ans et avait découvert sa mère penchée sur la table du salon. Concentrée sur sa tâche, elle n'avait pas entendu sa fille entrer et continuait d'extraire des pigments d'une toile avant d'en reproduire avec exactitude les mêmes nuances. Ce jour-là, sa mère avait initié l'archiviste à la reproduction d'un tableau. C'était un souvenir joyeux, elles avaient ri. Cette fois-ci, c'était une tout autre entreprise qu'elle allait devoir mener.

« Je peux refuser de collaborer. »

Il partit d'un petit rire.

« Je m'y attendais. Vous êtes intègre. C'est un très bon point pour vous. »

Il plongea la main dans la poche de son manteau et, sans quitter K des yeux, en sortit une enveloppe qu'il fit glisser lentement sur le bureau. Derrière l'archiviste, les ombres attendaient, effrayées.

« Pour vous, je ne serai que deux choses : cette demande et cette enveloppe. Quand vous l'ouvrirez, pensez à votre mère. Bien le bonsoir, K. »

Le visage de K devint livide. Sous ses yeux, la menace qu'elle redoutait. Elle attendit d'entendre la porte se refermer pour ouvrir l'enveloppe.

Elle savait que c'était là ce qui la ferait plier. Un hoquet s'évanouit dans les rayonnages quand elle découvrit la photographie de sa sœur jumelle : Mila.

K n'avait plus de ses nouvelles depuis plusieurs mois. Journaliste, sa sœur s'était engagée parmi les volontaires pour couvrir les événements et avait disparu aux premiers jours du conflit. Sur la photo, elle avait l'air décharné, dans un cachot minuscule et sombre. D'autres images de prisonniers de guerre surgirent dans l'esprit de K.

Elle ne bougeait plus, les ombres derrière elle non plus. C'est à peine si sa poitrine se soulevait. Les yeux perdus vers les rives d'une réalité qui n'était plus la sienne, son regard brillait.

Chapitre 3

Dans l'escalier en colimaçon qui menait aux galeries souterraines, K se concentrait sur sa respiration, qui était devenue chaotique depuis la visite de l'Homme au chapeau. Cette plongée dans les sous-sols était une immersion dans sa culture : partout où portait son regard, il y avait des œuvres, des tableaux, des livres qui se mélangeaient pêle-mêle. La série sans fin des toiles se laissait voir comme une ville, et trompait l'œil avec des rues étonnantes et des jardins solitaires. À sa gauche, le tableau d'une église byzantine s'effaçaient derrière d'autres pigments : ceux d'une place animée. Un peu plus loin, au fond du passage, des coups de pinceaux représentaient un déjeuner riant devant une épicerie, à moins qu'il ne s'agisse d'un bal, un soir d'été. C'étaient des images au bonheur simple, entreposées sous terre.

Sous ses yeux, le pouls que des artistes avaient cadencé. Tout cela était bien plus que des objets. Entre chaque taille du bois ou du plâtre, chaque mot noirci par l'encre, les artistes avaient fixé une odeur, une gaîté, un amour : leur réalité. À l'abri dans ces couloirs obscurs restaient des voix et des regards qui avaient été pour ces artistes leur unique façon d'exister, de prendre leur place, de s'élever et de laisser une empreinte sur le monde.

Et elle, K, l'archiviste, allait briser ces regards et ces voix, dénaturer ce qui faisait le sel de son peuple, tromper tous ceux qui viendraient ensuite. Elle serait celle qui soustrairait à ces statues faites de plâtre, de cire, de bronze, les larmes séchées qui en font leur valeur si particulière. Bientôt, il lui faudrait enlever la force qu'elles incarnaient, les rendre légères, défaire le lien complexe des matières, là où la main et la terre avaient saigné ensemble. Il y avait là des siècles qui étaient passés dans ces gestes, comme un fleuve collé à la peau et qui la réchauffe.

Éperdue et sonnée par ce qu'elle avait entendu, elle déambulait dans la première galerie. Le poison était entré dans la bibliothèque, seul lieu jusque-là préservé en ville. Ainsi n'y aurait-il de paix nulle part. L'archiviste s'inclina légèrement sous une arche de pierre pour entrer là où chant et poésie avaient été entreposés.

Cette partie du sous-sol avait des allures de dépôt-vente. De vieux 33 tours jouxtaient les bandes magnétiques, qui elles-mêmes étaient entassées aux côtés de disques durs, où se consultait autrefois le patrimoine oral de la région. Derrière ces amas, de vieilles partitions jaunies dont les titres évoquaient ritournelles et symphonies.

La préférence de la jeune femme allait aux vinyles. Au son moins clair, le disque avait la particularité de laisser du grain, un souffle : elle appréciait particulièrement ce qui précédait la musique, ce grésillement ténu qui rendait déjà l'esprit impatient, comme un appel au plaisir.

Ici, dans le sous-sol, ses sens devaient lui jouer des tours, ce devait être la fatigue, car elle se surprit à entendre *Chornobryvtsi*, tel qu'il était chanté par sa mère, de la même manière que dans son souvenir, lorsque celle-ci élevait sa voix, partant de rien ou d'un désir peut-être, à la fin des repas de famille.

K ferma les yeux et s'adossa au mur. Elle sentait les odeurs de café et de gâteaux qui accompagnaient ce vieil enchantement familial. La reprise du refrain qui évoquait aussi l'accordéon de son grand-père. Ses lèvres suivaient les paroles, dont les mots s'échouaient sans bruit. Elle eut d'abord le souffle contraint, trop court ces jours derniers pour accompagner un chant.

K prit une large inspiration, un air plus vigoureux emplit ses poumons : quelque chose de persévérant la sortit de sa langueur. Sa voix murmurante se mit à résonner dans l'espace des galeries, l'écho se répercuta jusqu'aux livres de la bibliothèque, à l'étage supérieur, exposant tout le sous-sol endormi à son enfance, comme à la chaleur d'une lumière.

La voix, à présent, montait avec le récit des souvenirs. K sentait la tension s'évanouir. Les paroles se faisaient ruban, la mélodie entourait le chantage qui s'était abattu sur elle. Sans les faire disparaître, elles atténuaient les motifs de la visite de cet homme, les remettaient à leur place. Elles disaient aussi qu'il y avait un espoir qui passait tout naturellement dans la réminiscence de ce chant.

Les ombres s'étaient réunies autour de K, la plus ancienne d'entre elles à ses côtés. Après la visite de l'Homme au chapeau, d'autres s'étaient ajoutées à leur cénacle, comme si ses propos les avaient fait sortir de leur léthargie. Moins inquiètes de leur propre sort que prises de pitié pour K, elles chuchotaient, se demandaient ce qui resterait au terme de cette histoire, sinon une tromperie, à celui qui fouillerait le tombeau de sa terre natale, à la recherche de ses origines. Les ombres voulurent alors donner à K le rôle d'un embaumeur égyptien, qui disparaîtrait un jour avec tout le mystère des corps sacrés. Peut-être en convaincraient-elles d'autres de se joindre à elles ? Elles se passèrent le mot, certaines remontèrent, d'autres restèrent là, aux côtés de l'archiviste. Elles lui donneraient certaines armes, qui n'étaient pas celles de l'envahisseur. Comme l'heure était à l'élimination de la culture ukrainienne, elles feraient une offrande à K, un don que jamais encore elles n'avaient permis. Grâce à ce don, les choses pourraient emprunter une autre voie, et le futur ne serait peut-être pas aussi sombre qu'il l'était à présent. Les ombres encerclèrent un peu plus K. Les yeux fermés, l'archiviste ne sentit pas la présence de ces mains amies sur ses épaules.

K n'était plus seule, mais en compagnie des souvenirs de son enfance, retrouvant sur sa langue le goût sucré des desserts. Lorsque la jeune femme ouvrit les yeux, elle tenait dans ses mains un disque sur la pochette duquel figurait une femme ukrainienne en tenue folklorique. Sa chemise brodée de fines fleurs rouges entourées de liserés noirs se terminait par une large ceinture ton sur ton. Les cheveux clairs rehaussaient ses yeux noirs qui la fixaient d'un air malicieux. Avec délicatesse, K sortit le disque, déposa le saphir, puis se perdit dans les nervures circulaires.

Bientôt, d'autres sillons l'appelèrent : face à elle, des champs entiers de cette fleur, la « *chornobryvtsi* », s'étaient matérialisés et avaient envahi la galerie. Sous une bise légère, les tiges se balançaient. Une autre voix, une autre présence s'extirpa des ruines oubliées du passé : K distingua une silhouette en uniforme, au loin. C'était un soldat qui marchait sur un chemin entouré de fleurs.

Чорнобривці в насіяла мати
У моїм світанковім краю,
Та й навчила веснянки співати
Про надію квітучу свою.

Les soucis ont été plantés par ma mère
Dans ma terre natale du matin
Et elle m'a appris à chanter des chansons de printemps

CHAPITRE 4

Le soldat était revenu dans sa patrie.

Combien de fois avait-il rêvé ce retour ? Ces plaines si chères à son cœur, ce soleil rasant d'une fin de journée, ce chemin qui menait à la maison de sa mère. Il lui semblait en connaître chaque pas, chaque regard éternellement là, mais si longtemps empêché par la guerre. Il n'y avait pas une ferme dont il ne connaissait le propriétaire et l'étendue des champs. Là une parcelle de lin, là de tournesols, là du blé bordé par des coquelicots. Il avait eu le temps, dans les interminables attentes, le fusil à portée de main, de se rappeler, en guise de courage, la marche qui le séparait du toit et des murs de son enfance.

C'était ce qui l'avait sauvé : cette simple maison opposée aux violences qui pouvaient s'emporter contre lui. Avec la distance et la terreur avaient émergé des images : celle du goût sucré d'un thé près du poêle, celle d'une main maternelle qui caresse ses cheveux d'enfant incapable de s'endormir face aux monstres de la nuit, mais aussi celle de son vieux père, qui se levait bien avant le jour, pour conduire son cheval dans le champ, des aboiements de son chien que les fins de journée excitent. Ces actes simples qui font la vie, si insignifiants en eux-mêmes qu'il ne les avait aimés qu'une fois perdus.

Après des mois dans les rangs de l'armée, le soldat était là, au commencement de ce chemin qu'il n'était plus temps d'imaginer, mais de parcourir. Il retardait ses pas, chaque branche qui craquait sous ses chaussures l'éloignait aussi de la guerre.

La guerre, justement, il s'en fallait toujours de peu qu'elle ne resurgisse. Elle était là, opportuniste, avec son visage terrifiant comparable à un abattoir où les yeux ne s'ouvrent jamais sur les réalités de la souffrance. Parmi toute cette horreur, il y avait eu ces jours où, fait prisonnier, il avait été attaché à un poteau, à la merci des autres qui l'invectivaient, lui crachaient à la figure mots et salive, le molestaient, écrasaient sur lui leurs cigarettes, non pas avec mépris, mais avec une haine indifférente aux supplications. Il n'oublierait ni ces jours ni ces regards clairs. Les cicatrices ne sont pas que des boursouflures rouges et visibles.

Une odeur rappela le soldat sur la route du présent. C'était une saveur suave, doucereuse. Celle des petites fleurs orangées qui distrayaient son parcours. Le soldat se baissa, en cueillit une pleine poignée qu'il porta à ses narines. Ce fut un baume contre la fatigue. Cette odeur avait toujours été là, et pourtant c'était la première fois qu'il se rendait compte de l'importance de ces fleurs qui prennent le soleil sur les bords du chemin, de ces pétales délicats qui se flétrissent dès qu'on brise leur tige.

Au centre du bouquet apparut le visage de sa mère. Un autre s'y superposa : celui de son pays. Les deux visages se confondaient, sa mère était aussi cette patrie qu'il avait défendue. Par ce cadeau, cette terre le remerciait : ces fleurs qui chaque printemps reviennent saluer les hommes.

Quelques mètres encore avant d'arriver chez lui. Le parfum et le souvenir des visages aimants l'accompagnaient. Le soldat ralentit encore sa marche. La maison était de l'autre côté du bosquet. Les branches épaisses qui obstruaient sa vue se firent dentelle. Bientôt, le soldat reverrait ce lieu chéri.

Ce qu'il y vit le saisit de stupeur : seuls quelques pans de mur tenaient encore debout, entourés de fleurs orangées. L'enfance n'était plus, la maison non plus.

Le soldat se recueillerait sur ces ruines, et chaque année, les graines jailliraient, soleil au sol jamais vaincu.

Chapitre 5

Lorsque K ouvrit les yeux, elle n'était plus dans les sous-sols, mais assise dans la chambre de sa mère. Comment s'était-elle retrouvée dans ce souvenir si précis, qui ne lui appartenait pourtant pas ? Cette pièce était toujours baignée d'une lumière bleuâtre : sa mère lui avait demandé, quelques mois plus tôt, d'acheter une veilleuse. Il y régnait nuit et jour la même aube.

« C'est déjà le printemps ? »

La jeune femme fixa sa mère sans la comprendre. Ne se souvenait-elle plus de la date ? La vieille femme tendit un doigt vers la chemise de sa fille, là où quelque chose avait capté son faible regard :

« Je parle de cette fleur. »

K baissa lentement les yeux et se figea en apercevant à l'endroit indiqué une fleur de souci, exactement celle qu'évoquait la chanson, comme si la tige sortait de son cœur. Sans prononcer un mot, le reste du corps toujours immobile, elle la détacha avec délicatesse et la déposa sur la commode. Elle ne comprenait pas comment la fleur s'était incarnée, loin de la saison de sa floraison, comme une révolte frappante contre les peines du temps. Il lui sembla voir se dessiner un sourire sur le visage de sa mère, qui reprit la parole tandis qu'un parfum capiteux envahissait la pièce :

« Comme elle me rappelle nos fins de dîner, quand nous chantions. La mélodie nous prenait tous ensemble ! Comme nous étions bien, alors ! Aujourd'hui, je ne suis plus cette femme, ma chérie, mon chant s'est tu, mais la mémoire de ces moments vient parfois me tenir compagnie. »

Ses yeux fixaient la fleur sans arriver à s'en détacher, ils étaient sur le bois du meuble comme sur une autre rive, qui ressemblait à sa jeunesse et à ces chants perdus. Un objet suffisait-il à ranimer de façon aussi vivace le passé, comme s'il avait attendu un signe amical pour exister de nouveau ? Alors il cessait de n'être qu'un simple souvenir, traversait d'un bout à l'autre le temps pour retrouver son aura véritable et fredonner de plus vastes moments.

K passa une main tendre sur le front de sa mère alitée. Derrière les rideaux, la lumière du jour se faisait plus mordante. Il était temps de retourner à la bibliothèque, de s'acquitter de sa première falsification. Imperceptiblement, K respira un peu plus fort, dans cette angoisse de retourner à l'abbatiale. Jamais encore elle n'avait ressenti une telle culpabilité. Dans sa bibliothèque, elle était ce jardinier entouré de ses hauts murs, à l'abri de la ville bruyante et des conversations quotidiennes. Désormais, elle y sentait une intrusion irréversible.

La jeune femme, toujours assise au bord du lit, regardait sa mère. À ce moment-là, K fut tentée de tout lui dévoiler, mais si loin maintenant dans la dissimulation, comment aurait-elle pu le lui avouer ?

Pour sa mère, la guerre n'avait pas lieu. Au début, cela s'était fait sans arrière-pensée : sa mère avait eu une attaque cérébrale peu avant les premiers bombardements, ce qui l'avait plongée dans le coma pendant de longues semaines. Dans l'intervalle, leur ville avait été prise.

La morphine et les traitements n'avaient pas arrangé les choses : à son réveil, sa mère n'avait plus la lucidité pour discerner ce qui se passait à l'extérieur de sa chambre d'hôpital, et un caillot l'avait privée de l'ouïe pour un temps. Par ce qu'on pourrait appeler une chance inespérée, l'hôpital avait été épargné par les tirs des obusiers. Aussi, quand l'état de sa mère avait permis un retour chez elle, que la médication avait été amoindrie, K n'avait pas eu le courage de lui annoncer la terrible nouvelle. La fille avait estimé que la mère aurait pu mourir de cette émotion. Les premiers temps, celle-ci lui avait demandé où était sa sœur, mais K avait su rester évasive.

« Mila est partie en reportage, elle va bien, mais elle ne peut pas appeler. »

De toute façon, sa sœur avait toujours été un courant d'air : les week-ends, elle partait sillonner les campagnes, ne revenait que tard le dimanche, et les soirées en semaine étaient consacrées à ses amis. Avec les questions revenaient toujours les mêmes réponses, sa mère avait compris qu'elle n'obtiendrait rien d'autre de sa fille et avait cessé de l'interroger. Les jours avaient filé, puis les semaines et les mois. Une ville après l'autre, le conflit durait vers le nord et plus à l'ouest : c'étaient des embuscades de faubourgs et de rues. Les combattants gagnaient des secteurs qu'ils perdaient le jour d'après. Les villages passaient de façon aléatoire à l'envahisseur, puis retournaient à l'Ukraine.

K poursuivrait ce secret, ne dévoilerait pas à sa mère l'inique réalité. Et elle se tairait à propos de cet étranger et de la photographie de sa sœur. Au moins, ce serait une certitude que les envahisseurs n'abattraient pas. Parfois, elle se demandait si son attitude n'était pas le pendant de la propagande qui ne cessait de marteler les mêmes fables *ad nauseam*. Ne faisait-elle pas, par omission, la même chose en cachant la vérité à sa mère ? Mais tout cela, après quelques cafés, lui paraissait futile. Mentir à sa mère, un être à la base de sa vie, n'était-ce pas, pour elle-même, la fin des repères ?

Tandis que sa mère contemplait toujours la fleur, de ce regard qu'elle avait autrefois pour son mari, un regard long de tendresse qui préludait au chant, K eut la même hardiesse que dans les sous-sols : entre ses lèvres s'échappa un mince filet de voix. Ce ne fut d'abord qu'un murmure souriant, comme si elle s'excusait de chanter devant sa mère, couchée dans son lit. Puis, rapidement, il y eut sur son visage la fierté d'une femme pour son enfant : c'était à son tour de faire résonner ces mots et ces notes, puisque sa mère n'en avait plus la force.

Chapitre 6

En route vers la bibliothèque, K repensa à ce qu'elle avait vécu la veille au soir : cette évasion déconcertante qui l'avait incarnée dans le texte du chant, aux côtés du soldat, spectatrice de son histoire, et qui l'avait fait réapparaître dans la chambre de sa mère, si loin de l'évanouissement initial. Elle avait pu se représenter tout ce que cet homme avait pensé et ressenti, au plus près de son histoire. Les épreuves et les régions traversées, la douleur face à l'inhumanité et le dénuement de soi, ce qui l'avait maintenu en vie également. Les moments joyeux partagés avec les siens, son enfance ; mais aussi ces poèmes qu'il s'était récités au plus fort du découragement. Plus tard quand il était tombé aux mains de l'ennemi, c'était de nouveau des extraits appris par cœur à l'école qui lui étaient revenus et lui avaient permis de s'évader en esprit.

Autour de K, les ruines semblaient plus importantes encore que la veille. Les masses rocheuses, plus imposantes, criaient leur existence, et, par ricochets, montraient à quel point une nouvelle partition du temps s'était immiscée dans les vies. Sans y prendre garde, K s'était habituée au pire. La Nature, elle, profitait de l'affaiblissement des hommes pour revenir parmi les décombres : des herbes poussaient entre les pierres taillées et les gravats jonchant le sol, de petits arbres aussi, dont on reconnaissait déjà les espèces, commençaient à former, en pleine rue, des jardins dérisoires.

Quand elle entra dans la bibliothèque, K eut du mal à se détendre. La serrure de la porte offrit une résistance, la porte elle-même grinça d'une drôle de façon, comme si les gonds étaient soudainement grippés. Alors qu'elle approchait de son bureau, une odeur d'humidité, presque de moisi, l'accueillit. Il n'y avait pas pire signe pour elle, car cela voulait dire que le taux d'hydrométrie n'était plus respecté dans les salles. Elle déposa ses affaires, son trousseau de clefs, sans faire attention aux enveloppes qui l'attendaient sur son bureau, et se dirigea vers la salle des régulateurs. Un effluve de mécanique désuète, encrassée de cambouis, la fit éternuer à plusieurs reprises. Elle écarta quelques cartons qui cachaient l'appareil, de la poussière exagéra sa gêne. La torche de son téléphone éclaira les différentes jauges : elles étaient toutes à la normale. Peut-être étaient-elles endommagées, ou leurs capteurs défectueux ? K nota dans un coin de son esprit de revenir vérifier ultérieurement, à moins que sa nervosité n'ait accru son imagination, au point de la tromper.

Elle alla s'asseoir à son bureau. En bois d'un marron foncé, il avait un grand plateau propice au travail sur lequel K entassait divers documents administratifs, les derniers projets, les prochains. Devant elle, il y avait quatre piles d'inventaire si hautes que personne, à part elle-même, ne pouvait y retrouver quoi que ce soit. Du temps où elle recevait encore des confrères en visite, ceux-ci riaient de ce joyeux bazar et avaient chronométré le temps qui lui serait nécessaire pour retrouver plusieurs types de documents. Elle avait réussi avec une moyenne d'une minute trente-deux. Une prouesse selon les critères officieux de la profession. À gauche de ces piles se trouvaient des photographies de famille prises par sa sœur, à côté desquelles des manuels récents attendaient d'être lus. Une tasse de café froid était restée là. Sur le dessus, le liquide formait des volutes plus claires, dans lesquelles un insecte était tombé, attiré par le sucre qui s'irisait à la surface du liquide. Sans doute s'était-il débattu, quand ses pattes avaient atteint cette matière visqueuse. Mais ce matin, il avait payé son tribut, épuisé par son combat.

D'un geste, K repoussa la tasse à l'extrémité du bureau, détourna aussi les yeux de ce livre relié dans lequel l'Homme au chapeau avait écrasé son mégot, puis remarqua enfin la première enveloppe. Sur un papier épais, de couleur crème, son initiale « K » avait été tracée d'une écriture calligraphiée. Sous la beauté de cette forme commençait la destruction des arts. Elle la retourna, sourit de façon ironique quand elle aperçut qu'un sceau à l'ancienne mode la fermait, brisa la cire plus brutalement qu'elle ne l'aurait voulu, puis lut les premières consignes.

Très chère K, il s'agira de modifier le manuscrit de l'hymne national dans lequel ce vieux Pavlo

Tchoubynsky a manqué du bon sens le plus élémentaire. Le chant a déjà été changé voilà quelques années, en 2003, par votre parlement. Vous ne ferez que le modifier une nouvelle fois, le contexte nous y contraint encore. Rien de très révolutionnaire, en somme. Substituez un mot à un autre, passez certains passages en mode mineur, pour y apporter une autre tonalité : bien plus triste et mélancolique.

K continua de lire et reconnut les premiers vers qu'elle connaissait par cœur :

Ще не вмерла України і слава, і воля,
Ni la gloire ni la liberté ne sont mortes en Ukraine.

Les deux autres vers demeuraient inchangés. La jeune femme regarda les voûtes de l'abbatiale, au-dessus des allées, ses yeux cherchant à repousser le moment où les transformations arriveraient.

Ще нам, браття молодії, усміхнеться доля.
Згинуть наші воріженьки, як роса на сонці,
La chance nous sourira encore, jeunes frères,
nos ennemis périront, comme la rosée au soleil,

Et puis, les premières ratures sur les vers suivants :

Запануєм і ми, браття, у своїй сторонці

L'apostrophe qui s'adressait au peuple avait changé, il s'agissait de parler du peuple considéré comme un frère :

Et ~~nous aussi, frères~~, nos frères ~~allons~~ gouverneront ~~dans~~ notre pays,

Ce n'étaient que quelques mots déplacés, mais le sens s'en trouvait complètement perverti. K poursuivit sa lecture, ses lèvres se plissant à mesure qu'elle découvrait le reste :

Душу й тіло ми положим за нашу свободу.
Pour notre liberté, nous leur donnerons nos âmes et nos corps

Un simple ajout, un minuscule pronom, mais c'était un autre chant, d'autres vers.

Le dernier vers achevait l'ensemble :

І покажем, що ми, браття, козацького роду.
Et prouverons, que nos frères, ~~que nous sommes~~ sont aussi dans la lignée des cosaques.

K avait aussi sorti de l'enveloppe une autre feuille. C'était le fac-similé de la partition de l'hymne. Pendant qu'elle lisait les consignes, sans qu'elle y fasse attention, elle avait enfoncé la mine de son crayon dans cette feuille.

Il fallait avoir l'esprit retors et la méthode de toute une administration pour produire et se permettre une telle infamie, et réviser ainsi un chant national ! Dans la balance des âmes, la vie de sa sœur d'un côté, l'hymne de l'autre. Comment se résoudre à choisir ?

K était encore une enfant, quand l'Ukraine était devenue indépendante ; c'était d'ailleurs son premier souvenir, la liesse de ses parents lors de cette annonce historique. L'hymne avait résonné dans toute la ville, le drapeau était brandi dans le flot des mains. Ce chant adopté par la République populaire d'Ukraine en 1917 avait été interdit dès 1920 par les Soviétiques, mais avait continué d'être fredonné dans l'intimité des maisons, comme une prière dans cette vie d'emprunt, un appel au passé éternel contre le provisoire. Les paroles s'étaient révélées prophétiques : « L'Ukraine n'est pas morte. »

Cette fois-ci, l'Histoire était plus perverse, il ne s'agissait pas de le supprimer, mais bien de le dévoyer, de le reprendre autrement. Leur gouvernement en avait tiré les leçons et bien compris que la disparition interroge et renforce la mémoire des êtres. Il fallait y aller plus graduellement, procéder par d'infimes avancées et de lentes accoutumances pour que le démembrement de la culture soit complet.

K eut un hoquet de dégoût. C'était à elle qu'incombait ce sombre dessein. La photographie de sa sœur lui revenait en tête. Pouvait-elle faire autrement ?

Une des ombres au chapeau haut de forme s'approcha d'elle et caressa ses cheveux comme elle l'aurait fait pour un enfant. Quelques faibles notes se firent entendre, du fond de l'une des galeries. Elle se leva, descendit quelques marches, la musique devint plus forte, elle descendit encore, pressa le pas vers ce chant. C'était l'hymne national qu'elle entendait. Il faisait noir dans cette partie des sous-sols, les lampes étrangement étaient restées éteintes, elle ne distinguait rien, mais une lueur sur sa droite s'intensifia.

Comment une musique pouvait-elle jouer toute seule ? Il n'y avait qu'elle ici. Était-ce le même prodige qu'avec la chanson de sa mère ? De façon instinctive, sans réfléchir, K regarda la lumière et s'y éblouit, elle ferma les yeux, le visage réchauffé par cette clarté qui remontait d'en bas. Elle resta ainsi, sans bouger, puis quand la musique cessa, que la lumière disparut, parcourue de ces notes qu'elle connaissait par cœur, elle ouvrit les yeux.

Autour d'elle, tout avait changé. Elle se tenait devant un grand escalier en marbre blanc, avec des personnes inconnues à ses côtés, qui ne semblaient pas la voir. Sous ses doigts, le soyeux d'une robe qu'elle ne portait pas un instant auparavant donna à l'ensemble de la scène un côté irréel. Interdite et immobile dans sa posture, elle contempla les alentours. Il n'y avait plus de livres, plus de lumière tamisée et de température contrôlée : il n'y avait que de riches robes vaporeuses, des costumes élégants magnifiés par les lumières, des rires en cascade et des paroles échangées avec ferveur et joie. Des têtes se renversaient avec délicatesse, d'autres s'étourdissaient dans les coupes de champagne. Ce devait être le hall d'un théâtre ou d'un opéra à une autre époque, sans doute avait-elle voyagé jusqu'au XIXe siècle, elle reconnaissait des becs de gaz sur les balustrades. Elle eut à peine le temps de se poser la question qu'une clochette retentit : il était temps pour les spectateurs de regagner la salle de spectacle. Robes et costumes posèrent leurs coupes pétillantes et, dans un ballet d'étoffes et de chuchotis, montèrent les marches. L'escalier redevint silencieux.

Chapitre 7

Assis au troisième rang, le poète Pavlo Tchoubynsky patientait dans son fauteuil. Face à lui, les lourds rideaux rouges s'écarteraient, une fois que le silence se serait installé dans le public. Invité par le compositeur Mykhailo Verbytsky, le poète avait traversé le pays, avait passé la frontière et s'était retrouvé à l'opéra de Lviv, dans l'Empire austro-hongrois. C'était un anonyme dans la foule, et pourtant, c'était lui qui un an auparavant, en 1862, avait écrit un poème qui commençait par :

« L'Ukraine n'est pas morte. »

Poème qui serait mis en musique ce soir. L'instant était solennel.

Par une nuit de mélancolie, Pavlo avait écrit ce texte dans un souffle, en référence au premier État ukrainien de 1649 fondé par les cosaques. Appelé l'Hetmanat, il avait été dissous en 1764. Le jeune poète venait tout juste de terminer de répertorier certains chants ukrainiens, mais aussi des contes que les grands-mères transmettaient le soir. C'était dans chaque maison le même rituel, les enfants se tenaient en rond, près de l'âtre dont la lumière accentuait le brillant de leurs yeux remplis de fatigue. Les grands-pères étaient assis un peu en arrière et n'auraient manqué pour rien au monde cette heure du conte, même s'ils connaissaient chaque variante de ces histoires. Parfois, les plus petits s'endormaient la tête sur leurs aînés, et les pères les portaient jusque dans leur lit, une fois le conte fini.

Pavlo avait eu la chance d'assister à ces moments où tout s'apaise avant la nuit. Avec ce folklore en main, il avait eu envie lui aussi de rendre hommage à ce peuple qui vibrait encore dans les foyers des campagnes, à l'abri des regards de l'Empire, derrière les murs des fermes, toujours à l'ombre des puissants. Un soir, en les écoutant, il avait été ému par cette force qui transcendait le regard des vieilles femmes édentées, quand elles parlaient de ces chants qu'elles tenaient elles-mêmes de leurs grands-mères.

En écrivant ces vers, Pavlo ne s'attendait pas à ce destin, à venir à Lviv dans cet opéra cossu. Il avait été touché par l'invitation de ce grand compositeur galicien, charmé par son poème au point de le mettre en musique. Ses vers avaient ainsi traversé le pays, pour trouver leur harmonie de l'autre côté de la frontière, et avaient grandi à nouveau dans le cœur d'un autre homme. Pour la première fois, Pavlo avait pris le train et s'était laissé bercer par la cadence des rails, des paysages qui défilaient à une vitesse inouïe, tout en repensant à la requête de monsieur Verbytsky. Allait-il retrouver ses mots, la tonalité qu'il avait entendue dans son poème, l'avait-il dénaturé, ou au contraire lui avait-il donné plus de puissance ? Pavlo choisit de passer outre, à l'instar de ce train qui filait à travers les campagnes. Son œuvre grandirait, prendrait une nouvelle ampleur, la musique envelopperait ses vers, les magnifierait. Il s'était endormi sur cette idée et ne s'était réveillé qu'à destination.

Ce n'est qu'en entrant dans l'opéra, face au double escalier en marbre, qu'il comprit la véritable symbolique de cette soirée. Dans cette salle aux dorures étincelantes se tenait l'union symbolique des deux parties d'un pays mis en pièces, l'une par l'Empire austro-hongrois, l'autre par l'Empire russe ; mais ce soir, par la force des mots et de la musique, une voix s'élèverait comme un drapeau disparu. Ici, le seul obstacle que Pavlo avait devant lui était ce rideau aux pesants velours vermeils. Le poète se prit doucement à songer à une petite folie. Que d'autres siècles connaissent ce chant, que d'autres pays l'entonnent à leur tour. Les légendes disent que les poètes sont de doux rêveurs...

Non, l'Ukraine n'était pas morte : quand les archets des violons s'élevèrent, Pavlo renversa la tête sur son fauteuil et accueillit les premières notes comme tout père est surpris par la naissance. Avec joie.

CHAPITRE 8

Cela avait recommencé. Quel était ce second prodige ? Comment K avait-elle pu se retrouver aux côtés des créateurs de l'hymne, très loin dans le temps, à une autre époque ? Elle n'avait pas rêvé. Elle sentait encore les riches effluves de ces dames accrochées à leur mari, et dans sa tête résonnaient toujours les derniers coups d'archet, avant que la salle entière n'applaudisse et se lève.

Tout son corps se pâmait au bonheur d'avoir entendu l'hymne ukrainien, comme si cela avait été la première fois. Durant quelques minutes, K avait vu l'émotion parcourir le visage de Pavlo. L'archiviste se passa la main sur le front : elle connaissait la suite de cette histoire, le poète n'aurait jamais le renom qu'il méritait. Il serait rapidement déporté pour avoir inspiré des élans nationaux contraires aux Empires, et terminerait ses jours paralysé.

Ce n'est qu'en relevant la tête que son attention fut saisie par un papier tout à coup apparu sur son bureau : c'était une partition. K passa son index sur les notes, et sentit la légère gravure de la plume qui les avait écrites. Elle approcha la lampe. C'était le manuscrit du compositeur lui-même ! Un original ! Elle reconnaissait le tracé des lettres et des majuscules, l'espacement entre les mots. Le papier n'était pas jauni, les croches étaient d'un noir brillant, presque humide. Rien n'était fané sur cette feuille, elle venait d'être rédigée à l'instant.

K cessa de respirer et regarda autour d'elle. Soudain elle se leva, arpentant énergiquement les allées. L'Homme au chapeau était-il revenu ? Personne. Elle était seule parmi les livres. Le fac-similé de l'hymne que l'homme lui avait demandé de falsifier était toujours sur son bureau. L'archiviste compara les deux écritures : elles étaient identiques. Le copiste s'était même chargé de reproduire les ratures et les fantaisies de Mykhailo Verbytsky. De façon paradoxale, le fac-similé flétri par le temps le rendait plus convaincant que l'original qui avait surgi là, inexplicablement. Un sourire se dessina sur le visage de K.

Elle repensa au voyage en Grèce qu'elle avait fait avec sa mère et Mila. Elle avait tenu à gravir quatre à quatre les marches qui menaient à l'Acropole et s'était émerveillée de la blancheur des temples. Sa mère lui avait alors expliqué qu'à leur construction, ils étaient de plusieurs couleurs. La fillette s'était alors efforcée de les imaginer tels qu'ils étaient à l'origine. Il en allait de même avec ce jaune qui était la marque du temps, quand le document véritable était, lui, dans le blanc de sa première vie.

Elle prit le temps d'évaluer l'authenticité de la partition : il n'y avait aucun doute, elle était bien de la main de Mykhailo Verbytsky.

Que pouvait-elle faire de ce document inestimable ? Le cacher, peut-être, et le faire sortir d'ici ? Mais le plier et le mettre dans sa poche serait impardonnable. Elle parcourut le bureau de ses yeux, fouilla un des tiroirs, puis décida de se servir d'une liasse de feuilles sans importance et de le glisser à l'intérieur de celle-ci. Elle referma le tiroir. Ainsi, elle pourrait plus tard le soustraire à ce lieu devenu incertain.

Tandis qu'elle travaillait depuis plusieurs heures à la modification du fac-similé, conformément aux instructions de l'Homme au chapeau, elle entendit dans son dos :

« Bonsoir, ma chère ! »

K se retourna. Il était derrière elle, sans qu'elle l'ait entendu pénétrer dans la bibliothèque, et mâchouillait un bâton de réglisse. L'air de rien, et maîtrisant sa panique, elle continua de travailler à la partition, sans regarder le tiroir dans lequel se trouvait l'originale. L'instant d'après, l'homme s'était approché et penché sur la partition modifiée laissée en évidence.

« Vous voyez, ce n'était pas si difficile ! »

Il posa ses doigts sur le fac-similé et commença à le tirer vers lui. K le lui ôta brusquement des mains et partit dans une allée. Il la dévisagea et, penchant sa tête sur le côté, crachouilla du bout de ses lèvres des fibres de son bâton. Face à la moue de désapprobation de l'archiviste, il partit d'un grand rire.

« Ne faites pas l'effarouchée. La chose est faite ! »

Il tendit sa main ouverte, s'avançant vers elle qui reculait. Mais l'archiviste ne cilla pas. Elle prit la parole, la main refermée avec force sur la feuille :

« Si je vous donne les œuvres falsifiées, quelle monnaie d'échange me restera-t-il pour revoir ma sœur ? Non ! Je les garde avec moi. Vous êtes assez intelligent pour le comprendre. »

Il dut sentir qu'il ne désamorcerait pas son refus par la force, et qu'il y risquerait leur précieuse collaboration. Il s'immobilisa, continuant de mâcher son bâton de réglisse, ses lèvres ourlées de brun, un léger tic parcourant sa paupière assombrie sous le chapeau.

« Si ça vous chante de jouer à Barbe Bleue, d'enfermer vos œuvres quelque part, de ne pas faire confiance à qui vous veut du bien, libre à vous. Vous me les donnerez bien un jour. Pensez justement à votre sœur. Le plus tôt sera le mieux, on n'a pas toujours de quoi manger, en prison... »

Les yeux clairs de l'homme s'étaient arrêtés sur le trousseau déposé sur une des piles d'inventaire. Était-ce une de ces clefs qui enfermerait les œuvres ? La dorée, clinquante, ou bien la plus terne, d'un gris acier ?

« Je vous laisse. Vous avez du travail. »

Il partit, laissant derrière lui une note de réglisse. K considéra la liasse de feuilles, dans le tiroir.

Elle ne comprenait pas comment elle pouvait avoir en sa possession un exemplaire authentique et n'osait imaginer sa valeur. C'eût été terrible s'il s'en était emparé : il aurait eu en sa possession la source même de l'hymne, la parole la plus fidèle de l'Ukraine. Il lui fallait trouver un lieu plus sûr où la mettre à l'abri. Les galeries les plus profondes pouvaient servir, mais la présence de cet homme les rendrait toujours incertaines. D'une façon désespérée, comme ces personnes qui cachent leurs biens les plus précieux sous leur matelas, l'archiviste déposa une pile de livres sur la liasse, pour mieux enfouir la partition. Elle l'en sortirait quand elle rentrerait chez sa mère. Faute de mieux, elle la mettrait dans sa chambre : c'était pour l'heure le lieu le plus digne de confiance.

Elle se rapprocha du bureau et avisa une nouvelle enveloppe. N'avait-elle pas vu qu'il en avait déposé une nouvelle ? Entièrement accaparée par la partition originale, elle n'avait pas dû s'en rendre compte. Cela la poursuivait comme un cauchemar, quelque chose qui semblait ne jamais devoir finir, mais qui apparaissait comme une loi martiale qui pourrait venir à bout de sa culture. Elle balaya la salle du regard, cherchant un soutien dans cette pièce sans personne. À contrecœur, elle décacheta le pli et découvrit tout d'abord un poing levé, précédant un visage bien connu : celui du poète Taras Chevtchenko. Ainsi apprenait-elle que l'œuvre à modifier était une étude pour un vitrail confectionné par Alla Horska. Elle s'était intéressée au groupe des *Sixtiers* dont elle faisait partie. Dans les années 1960, lassé des dogmatismes, ce collectif rejetait le réalisme soviétique, son obsession prolétarienne et toutes les règles écrasantes auxquelles l'art devait obligatoirement se soumettre. Le vitrail n'eut guère le temps d'être montré. À peine achevée par Alla Horska, l'œuvre avait été saisie puis détruite par les membres du Parti. La figure du poète avec son poing levé exaltait alors trop de symboles dissidents, une posture en désaccord avec la concorde fantasmée des Républiques socialistes soviétiques. En outre, Chevtchenko entourait dans le creux de son bras le visage d'une femme, interprétée à ce moment-là comme l'allégorie de l'Ukraine.

Un petit rire s'échappa de la gorge de K. Elle toucha du bout des doigts un collier en ambre dont elle ne se séparait jamais. Souvent, elle le manipulait pour se concentrer :

« Si je dois modifier le dessin préparatoire d'une œuvre déjà détruite parce qu'elle inquiète encore, je ne suis pas près d'arrêter les contrefaçons. »

Sur un papier, K lut les nouvelles consignes :

Reconstruire le vitrail pour y inclure Chevtchenko, mais substituer à la femme un aigle bicéphale. Changer également l'étude.

Son rire s'éteignit et expira dans un long soupir. Les ombres autour de K se concertaient, certaines se rappelaient l'intolérable mort de l'artiste. L'une d'elles, la plus petite, s'approcha de K et lui toucha l'épaule. Tandis que l'archiviste crayonnait un papier, imaginant les premières épures, elle fut transportée des décennies en arrière : dans l'atelier d'Alla Horska.

Chapitre 9

« Je ne céderai pas ! »

La voix d'Alla Horska, avec son timbre reconnaissable entre tous, était ferme et déterminée. Son amie Elena se dit que c'était un jour où on ne la contredirait pas. Alla parlait ukrainien, continuait à le faire malgré les interdictions officielles, les réprimandes et les incarcérations. Cela ne faisait que quelques semaines qu'elle avait retrouvé un atelier en vue de poursuivre son travail. Mise au ban de la société pour avoir osé parler sa langue maternelle en public, elle donnait une coloration sacrée à chacun de ses mots, comme l'enfant qui se saisit du langage et lui accorde une pieuse attention.

Face à elle, une étude de son prochain vitrail : au centre, la figure de Taras Chevtchenko, le regard droit, le poing gauche levé avec courage. Dans l'anse de son bras droit replié, une jeune femme blonde, l'allure triste, la tête baissée contre la poitrine de l'homme. Un vers en exergue :

Je magnifierai ces esclaves muets ! Je mettrai les mots comme leurs gardiens !

« Ils ne veulent pas de cette composition, mais souhaitent une autre figure ! Pourtant, il n'y a que lui qui peut porter cette idée. À la fois poète, chantre et peintre : sans lui, l'Ukraine ne serait pas ce qu'elle est ! »

Le sang battait à son cou une révolte qu'elle dominait de plus en plus mal.

Alla était une petite blonde trapue, les cheveux au carré, les yeux noirs remplis de la même résolution que sa voix. Grand ouverts sur le monde, ils avaient cette curiosité des vieilles âmes, qui voient bien au-delà d'elles-mêmes, portées par un destin qui les dépassera finalement. Pour ceux qui avaient l'œil, d'anciennes fatalités voilaient quelquefois l'éclat de son regard, jamais plus de quelques secondes, dans les moments où l'artiste se pensait seule. Ses amis craignaient le pire : son engagement et son opiniâtreté face au régime passaient à leurs yeux pour un comportement suicidaire.

« Ils peuvent faire ce qu'ils veulent de la politique et de la nécessité ! Qu'est-ce que ça me fait, au fond ? Mon art n'aura pas des allégeances que je ne lui reconnais pas. Je lui ferai mener innocemment sa vie. Les choses de cet ordre ne sont pas des courtisanes appelées à se courber vers des exigences aussi mouvantes qu'éphémères !

— Alla, on en a déjà parlé des centaines de fois, remarqua Elena, inquiète.

— Tout au plus, que me feront-ils ? Ils me rayent des artistes soviétiques, font disparaître mon nom, et après ? »

Elle s'emporta :

« Qu'ils me remettent dans ce bâtiment gris près de la cathédrale Sainte-Sophie, j'y étais très bien pour penser ! J'entendais les flots du Dniepr qui lui s'évade toujours vers le sud, et de la fenêtre je voyais le vert de la colline dont le fleuve marquait la silhouette ! Tout ce qui m'entourait était au peuple ukrainien : il n'y a jamais eu personne de moins enfermé que moi, à ce moment-là. »

Alla lançait sa fougue vers son amie, tandis qu'elle réalisait à la gouache une première approche de son vitrail. Elle eut un geste d'agacement et posa son pinceau.

« On n'enferme pas la conscience de soi. Elle ignore la prison du corps et ses commotions ! Ils peuvent m'isoler mille ans derrière une porte, j'en sortirai avec une façon de penser qui me vaudra d'y retourner dans la seconde ! Au pire, l'image que j'ai d'eux peut me faire manquer un trait, comme ici. »

Elle montra de son index le galbe d'une joue, sur le visage de la jeune fille. Elena se pencha sur la toile, et ne vit rien là-dedans qui témoigne d'une quelconque erreur.

Alla n'aimait pas perdre de temps, il lui fallait combler tous les instants de sa vie, ne jamais se reposer ni se morfondre. Aussi cherchait-elle dans cette agitation tout ce qui pouvait la toucher, la nourrir : tout ce qui fait la matière des œuvres. Mais son choix de vie ne l'emmènerait pas loin. La veille encore, elle venait tout juste de sortir d'un procès avec pour chef d'accusation la possession d'un livre en langue ukrainienne.

Son amie le voyait bien : Alla ne ferait jamais de concessions à propos de ses choix ou de ses désirs.

Les répressions ne cesseraient jamais, d'autant plus qu'elles n'avaient pas besoin de tout savoir pour faire disparaître une personne. C'était ainsi qu'on pouvait, en ce temps-là, mourir par hasard, ou par malentendu ; alors que penser d'une artiste ouvertement hostile à leurs yeux ? Malgré tous ces périls, Alla ne pouvait pas s'empêcher d'évoquer l'Ukraine dans son art. De toute façon, elle ne savait pas faire autrement.

Alla continuait de regarder son étude, et poursuivit son dessin au fusain. Sous ses doigts, la texture du graphite la détournait de cette discussion qui épuisait ses forces. Mais son amie poursuivit :

« Rien ne vaut qu'on joue sa vie. »

L'artiste interrompit son geste sur une moue, la main arrêtée en l'air un instant, puis le reprit de façon plus marquée, appuyant à l'excès sur le papier :

« L'art n'est pas rien, justement. Si je m'obstine dans cette voie, ce n'est pas pour moi, il n'y a rien d'égoïste là-dedans. Moi, je ne suis rien, par exemple, seulement de passage ici. En revanche, je me dois de transmettre la mémoire de mon peuple. Si je ne me bats pas pour lui, qui le fera dans l'avenir ? Comment les futurs artistes pourront poursuivre notre tâche, si nous n'avons pas maintenu le lien ? Comment les générations futures pourront se construire, si nous nous taisons ? Je me dois de continuer, et j'ai une confiance absolue en la jeunesse, ils trouveront le moyen de s'extirper de cette dictature, d'être libres à nouveau, même si cela prendra du temps. Personne ne peut éternellement demeurer un esclave, même les bêtes ont envie de liberté et ne sont jamais plus joyeuses qu'à trottiner dans un champ ! Si je peux aider la jeunesse à aller plus vite dans cet appel de liberté qui arrivera forcément, alors je le ferai. »

Puis, après avoir relevé la tête et fixé son amie, elle prit ses cheveux à pleines mains, les dégageant pour mieux respirer, et dit d'une voix forte :

« Et rien ne m'arrêtera ! »

Son amie savait ce qu'Alla avait en tête à cet instant. Elle avait toujours la même mélancolie quand elle y pensait. L'artiste poursuivit :

« Mes souvenirs sont un énorme fardeau. Ce que le gouvernement a fait dans les années 1930, ce que cette ordure de Staline a permis ! Quand avec Vasyl Symonenko et Les Taniuk nous avons découvert cette fosse commune. Ces milliers de corps que ces pantins ont tués d'une balle dans la nuque, tu crois que je peux dormir avec cette image ? Et ceux qu'on n'a pas tués, mais qu'on a déportés, ces pauvres artistes, comment penses-tu qu'ils ont survécu ? Et ce peuple à qui on a interdit de parler sa propre langue ! Du jour au lendemain, ils ont perdu les marques de leur enfance, cet équilibre que chaque être essaie de préserver. Dans les rues, chez l'épicier, le boulanger, à l'école, une autre langue avait été imposée, jetant l'opprobre sur l'ancienne. Étrangers dans leur propre pays... »

Soudain, elle s'arrêta, prise par un hoquet de tristesse. Elle détourna la tête avec violence, mais le tressautement de ses épaules la trahissait. Les larmes portaient le poids de la mort de son ami Vasyl, avec lequel Alla avait mené une enquête après cette macabre découverte. Tous les deux, ils en avaient même parlé au conseil municipal de Kyiv, ils avaient cru au pouvoir libérateur de la parole. Alla était persuadée que cette dénonciation de la barbarie permettrait de faire éclater les mensonges staliniens. Mais quand le corps de Vasyl avait été retrouvé sans vie, tout s'était écroulé.

Alla avait appris la mort de son ami alors qu'elle dînait avec son père. Soudain, la nuit avait été plus noire. La jeune artiste avait pleuré à la fois son ami mort, mais aussi cette injustice : elle, elle était restée en vie. Pour quelle raison ? Parce qu'elle était une femme ?

Depuis ce soir-là, Alla souriait moins et s'était réfugiée dans l'art qui était devenu la seule porte vers un monde libre. Puisque dire la vérité ne menait pour l'instant à rien, il fallait bien trouver un subterfuge pour qu'elle éclate tout de même un jour.

Alla s'était levée et dirigée vers la seule fenêtre de la pièce. Un rayon de lumière balayait ses cheveux.

« Moi, j'ai envie de parler ukrainien, de sentir ses lettres mouillées sous ma langue. Je veux mourir en me disant que dans trente ans la jeunesse parlera ukrainien, qu'elle ne souffrira plus comme moi aujourd'hui. De mon côté, c'est trop tard, mes belles années sont passées, mes épaules ont trop porté pour se relever à nouveau ; mais eux, là, ces petits, je veux qu'ils sachent d'où ils viennent. Pour avancer, il faut tenir entre ses mains la lampe de son passé. Sinon, aucun génie ne pourra en sortir. »

Elena soupira. Une mèche de cheveux retomba devant ses yeux, cachant entièrement son regard.

Ce serait dans cette même posture que la jeune femme se tiendrait quelques années plus tard, face au rapport annonçant la mort d'Alla.

Tuée par son beau-père

Les mots écrits par le légiste seraient formels : Alla et son beau-père s'étaient disputés, et l'homme l'avait frappée à la tête avec un marteau.

Elena ne cesserait d'y voir une banale manipulation, l'éternel jeu de dupes entre police et citoyens désabusés. Il n'avait existé aucune tension entre Alla et son beau-père : pour s'être assise plusieurs fois à leur table, elle savait qu'il aurait été incapable d'un tel geste ni même d'aucune colère envers sa belle-fille.

Vainement, elle tournerait des jours et des jours autour de la morgue et ne pourrait revoir le corps d'Alla, ni dire adieu à son amie. Son cercueil serait scellé sur-le-champ par les autorités et défendu des curiosités amicales. De quoi auraient-ils peur, au fond ? Que son cadavre parle une dernière fois ukrainien ?

Le mensonge proliférait dans les années 1970, il était le socle du monde soviétique. Les gens n'imaginaient même plus une réalité sans lui. Elena comprendrait alors ce qu'avait voulu dire Alla, et elle espérerait aussi que dans trente ans, avec le nouveau millénaire, la jeunesse pourrait parler ukrainien, afin que la mort d'Alla ne résonne pas dans un espace vide.

À cette jeunesse de magnifier cette esclave muette, de mettre des mots contre ses geôliers. Son art la garderait de l'oubli.

CHAPITRE 10

K reprit ses esprits, penchée au-dessus de son bureau, la tête encore pleine des odeurs de l'atelier. Elle tenait à la main un crayon dont la mine pointait sur un visage. De surprise, elle se recula, et les pieds de la chaise crissèrent contre le sol. Le bruit se réverbéra contre les voûtes. Ce regard noir et profond, ces sourcils qui suivaient l'amande des yeux, une frange courte barrant le front juste au-dessus de la ligne des arcades : K avait dessiné le visage de sa sœur. Sans qu'elle le sache, son esprit vagabondant aux côtés d'Alla Horska, sa main avait reproduit les traits de Mila.

Elle se redressa, les sens aux aguets : pas un bruit. Un coup d'œil au-dessus de son épaule l'assura que l'Homme au chapeau n'était pas dans la pièce. Que lui aurait-il dit s'il avait entrevu ce portrait ? Sans doute cette Mila lui serait-elle méconnaissable tant son visage, sur la photographie qu'il possédait, était avili par la fatigue et la saleté.

Peut-être l'aurait-il raillée et enjointe à reprendre ce regard plein de tendresse, presque tremblant : un regard qui ne pouvait dévisager qu'une sœur, une mère ou un amour, puis l'aurait sommée de se remettre au travail. Involontairement, elle s'était retardée dans sa tâche de substituer à la figure féminine un aigle bicéphale. Il lui faudrait donc recommencer le lendemain.

Le lien entre Alla Horska et sa sœur apparut évident à l'archiviste. Elle roula le dessin et allait le placer dans son sac à dos quand elle aperçut au fond de celui-ci un éclat rouge brillant. Elle l'ouvrit en grand et le pencha vers sa lampe de bureau. C'était un morceau de vitrail, le même que dans l'atelier d'Alla Horska. K allait plonger la main à l'intérieur, quand un bruit retentit quelque part dans l'abbatiale.

Sans tourner la tête, elle sut à l'odeur de la réglisse que l'Homme au chapeau venait de revenir. Il flânait dans les différentes galeries, déplaçait des livres, en emportait d'autres. Sa présence était à l'image des ennemis dans son pays. Il occupait le territoire, imposait ses règles, détruisait arbitrairement des œuvres, celles qu'on oublierait le plus facilement, et exigeait de K d'en falsifier d'autres, celles qu'il jugeait plus estimées.

À l'arrière de la bibliothèque, dans une cour, avait eu lieu un autodafé : un ensemble de livres et de documents, prélevés dans la bibliothèque de K, que l'Homme au chapeau venait de brûler. Le noir était monté jusque dans le ciel et l'avait obscurci de ses mauvaises fumées. Plus bas, dans les galeries, d'autres fléaux s'étaient abattus sur les sculptures et les poteries ; au sol, des gravats de marbre, de céramique et d'argile s'amoncelaient. C'était un véritable désastre, K étouffait. Il était temps de partir.

K mit son sac sur son épaule, lança un dernier regard vers son bureau, puis sortit de la bibliothèque en évitant de croiser cet homme. Quand elle ferma la porte derrière elle et se retrouva dehors, l'archiviste eut une certaine peine à respirer, malgré l'air frais. Elle rentra chez elle, la tête baissée, et poussa du pied un caillou sur son chemin.

Arrivée au bout de l'avenue, K prit la première à droite. Les rues s'étaient vidées de leurs habitants, certains s'étaient exilés, d'autres se terraient dans leur appartement, on ne sortait que par nécessité. La jeune femme aurait pu faire les yeux fermés le chemin qui menait à l'appartement de sa sœur, pourtant elle ne reconnaissait rien sur son passage. Les magasins que les soldats n'avaient pas pillés avaient baissé leur rideau, les enseignes lumineuses qui tenaient encore étaient éteintes, c'était une ville qui avait perdu tout visage.

Une fois dépassées les dernières rues autrefois animées, elle arriva enfin devant l'immeuble, se tint devant lui et leva la tête vers le balcon de sa sœur : celle-ci aimait l'y attendre et la héler d'en haut. Qu'elle ne soit pas là pour ce petit rituel entre sœurs lui fit vraiment réaliser l'absence de Mila. K gravit les deux étages et entra dans l'appartement dépourvu de présence.

Sur les murs du salon, il y avait toutes sortes de photographies prises par Mila ou ses amis. Sa préférence allait aux images en noir et blanc, mais les dernières qu'elle avait prises étaient en couleurs :

« Ma façon d'entrer en rupture avec ma première approche. De l'avant, petite sœur ! »

Sur la table basse, au milieu d'emballages vides et de déchets, d'autres images avaient été éparpillées. K s'approcha : les albums photo étaient vides. Un bruit derrière elle lui fit faire une volte-face. L'Homme au chapeau se tenait à quelques mètres de là, dans le coin le plus sombre de la pièce.

« C'est vous qui fouillez dans les affaires de ma sœur ? dit-elle en montrant du doigt la table.

— Je ne m'abaisse pas à ça. Pour qui me prenez-vous ? En revanche, j'ai quelque chose à vous donner. »

Il lui tendit un pendentif, sorti de sa poche. Au bout de la chaîne se balançait une pierre d'ambre entourée d'argent. Au moment de quitter la bibliothèque, K avait eu l'envie soudaine de retrouver ce collier offert par leur père, quand elles avaient à peine dix ans. C'était pour ce bijou qu'elle était là.

Elle se souvint des paroles de son père :

« Ce n'est pas une pierre, mais une résine qui a des millions d'années. Ce que vous avez à l'intérieur est donc très ancien, du temps des dinosaures ! »

Les jumelles avaient ouvert de grands yeux. Il avait continué :

« Celle-ci est très particulière, car elle est scindée en deux. Je vous en donne une partie à chacune. »

Les petites avaient pris les colliers et les avaient passés autour de leur cou puis, avec ce rire propre aux enfants, les avaient fait se rejoindre.

« Vous voulez que je vous l'accroche ? » dit l'Homme au chapeau.

K eut un geste de recul.

Ils se fixèrent le temps de quelques secondes, puis l'homme haussa les épaules, déposa le collier et quitta l'appartement en refermant la porte derrière lui. K s'en empara, puis approcha d'un miroir et chercha sous sa chemise son collier, puis réunit les deux pendentifs en un, comme cette fois-là avec sa sœur.

L'image du dernier jour qu'elle avait passé avec Mila lui revint : elles se tenaient ici dans cette même pièce.

« Mon amie Oksana vient de partir au front. Elle veut y faire des photos. Je vais la rejoindre. Je ne tiens plus en place, ici. Si je suis impuissante face à la maladie de maman, au moins je pourrai être utile là où l'avenir de notre pays se décide. Il faut bien que des personnes documentent ce qu'il s'y passe. Ne dis rien, K. Ma décision est prise. »

Sur ces paroles, Mila avait quitté le salon, fait un sac à la va-vite et était partie sans que sa sœur puisse la retenir. Quelques mois plus tard, Mila était aux mains de l'ennemi. Et c'était à K de lui venir en aide.

Le lendemain, il lui faudrait reprendre la falsification du vitrail, comme l'Homme au chapeau le lui avait demandé, faire disparaître toute trace de patriotisme. Les épaules de K s'affaissèrent devant la glace : plus elle avançait dans cette tâche, moins elle se reconnaissait. Ce matin, dans le miroir, quand elle avait fini sa toilette et s'attachait les cheveux, c'est à peine si elle avait osé se regarder. Dans ces moments, elle avait en tête un héroïsme dont elle ne trouvait pas le chemin. Sa sœur, elle, avait eu le sien : que pouvait-elle faire, de son côté, pour ne pas se résigner tout à fait à ces obligations destructrices ? Comment faire ?

K fit le tour des pièces, toucha certains objets, regarda dans les placards comme pour y chercher Mila. Puis, à son tour, elle quitta l'appartement. Maintenant qu'elle avait récupéré ce pendentif, plus rien ne l'y retenait. Sur le chemin qui la menait vers sa mère, la jeune femme donna un coup de pied dans un petit caillou, qui alla se nicher dans un tuyau en fer. La pierre venait de disparaître, rien n'indiquait sa présence. Une idée germa dans l'esprit de l'archiviste. Trouble encore, mais elle tenait là quelque chose sans bien le discerner. Dans ce tube, par le même mouvement que le caillou, était aussi allée se cacher une solution.

Au loin, un orage grondait comme une salve d'obus. Il était temps de presser le pas, mais une espèce d'atonie envahissait peu à peu ses jambes. L'ascension de la dernière rue avant l'immeuble de sa mère était de plus en plus harassante. Elle étouffait sur les derniers mètres, et la distance qui lui restait à parcourir lui semblait à la mesure de cet effort : immense.

Elle quittait un travail qui portait à présent le fardeau de ses gestes, lui qui était auparavant si léger grâce à son amour pour la culture. Elle l'avilissait à force de suppressions et d'émiettement au-dessus du gouffre qui deviendrait l'identité ukrainienne. K avait passé ses derniers jours à effectuer des actes commandés, à biffer des vers ou à corrompre des idéaux. Elle désécrivait ce qui aurait dû être pérenne, à jamais fixé dans le plomb de l'encre. Détruire ces œuvres la rendait déjà cendres. Elle, l'archiviste, celle qui dans le passé collectionnait les histoires et les chérissait, abdiquait devant une doctrine, et devenait la Parque qui coupait les fils de sa propre vie.

K traversa le hall de l'immeuble et s'engouffra dans les escaliers. Derrière chaque porte, silencieuse comme si personne n'y vivait, une famille s'emmurait dans la stupeur, de crainte qu'un reste de conflit ne déborde sur elle. On cachait les jeunes filles qu'on ne pouvait grimer en garçons, de peur d'attirer la curiosité des soldats. Chacune des marches opérait sur K un ballottement de son esprit : une menait vers sa mère, une autre vers sa sœur, une autre encore vers l'Homme au chapeau, une dernière au cœur de son pays. Les quatre visages se superposaient jusqu'à former un tableau étrange, à l'image de ces livres qui la fascinaient enfant, où la page découpée en quatre parties égales permettait de composer des chimères encore inexistantes. Maintenant qu'elle était adulte, l'enchantement laissait place à une aporie. Aucune des créatures qu'elle pouvait assembler ne lui convenait.

K était du côté de la douceur : elle cédait volontiers son tour dans la file, s'excusait quand on lui marchait sur le pied, ne parlait pas ou peu. Étudiante vouée aux atmosphères de papier, elle avait trouvé un jour l'audace de sortir, bravant ses réticences à se mêler aux autres. Malgré tout, elle était restée comme une annotation dans la marge, de l'autre côté de la ligne bleue. Des pages, comme de la vie. Quand elle repensait à ces années-là, le regard des Justes, des résistants, la hantait. À la demande de contrefaçon avait jailli en mémoire le visage de ses professeurs.

La barbe broussailleuse de l'un, le claquement de langue en grec d'une autre.

Son existence avait toujours été peuplée de fantômes, ceux de ses grands-parents qu'elle n'avait connus qu'au travers d'albums-photos, celui de son père qui avait disparu très tôt.

Avec sa sœur Mila, c'était tout naturellement qu'elles étaient revenues s'occuper de leur mère, quand la perspective de la perdre s'était faite imminente : mère et filles, les rôles s'étaient inversés, sans qu'elles y aient perçu une quelconque épreuve. C'étaient les choses de la vie.

Pour K, les livres avaient toujours suffi à étancher sa soif de voyages et de découvertes, ils avaient été une forme de contrepoids à ces disparitions, sans que son corps n'ait eu besoin de fuite en avant. Mila était son opposée, à parcourir les routes plutôt que les pages, sa façon à elle de chercher ces figures perdues, mais cette baroudeuse était tout de même revenue s'occuper de leur mère. Pour un temps.

K arriva à la porte de chez sa mère, elle l'ouvrit, puis s'adossa contre le mur de l'entrée. Deux mondes s'opposaient : les rives de l'enfance, les jeux avec sa sœur, et la violence de ce conflit.

CHAPITRE 11

Depuis la venue de cet homme, le sommeil tardait à venir. K s'enroulait dans sa couette qui n'avait plus sa douceur familière. Elle semblait remplie non pas de plumes, mais de pages calcinées qui formaient un linceul. La jeune femme se persuadait dans la journée de n'y être pour rien, elle se dissociait de son corps et de cette main qui transgressait tout ce qui jusqu'à présent faisait la valeur de sa vie. La nuit, la culpabilité la rattrapait. Qu'aurait fait sa sœur, dans la même situation ? Aurait-elle refusé de la sauver, ou bien aurait-elle choisi de la protéger, au détriment de la patrie ?

Au moment d'entrer dans la chambre de sa mère, il lui fallait changer de figure, effacer ce que les affres du pays laissaient d'indices sur son visage. K savait bien que sa mère non plus ne voulait pas l'inquiéter, qu'elle tentait de dissimuler la maladie derrière un sourire affecté malgré la douleur et l'épuisement. Chacune préservait l'autre de son monde.

Une fois la porte poussée, les senteurs chaudes du camphre mêlées à de l'encens d'ambre l'enveloppèrent. Au milieu du lit, sa mère semblait toute petite, s'effaçant sous la promesse laineuse d'une couverture d'où émergeait seulement son visage parcheminé. Quand elle aperçut sa fille, ses lèvres gercées se tendirent douloureusement dans un sourire. Du sang ourlait sa bouche de perles vermillon.

Sa mère lui tendit une main que K prit dans la seconde, pressée de rassurer ce corps maladif, presque honteuse du contraste qu'offrait la vigueur qui battait en elle. La jeune femme recueillit un geste dont sa mère n'aurait bientôt plus la force, elle aurait tant voulu donner un peu de vie à ce corps défaillant. Elle conserva sa main dans la sienne, comme une petite chose qu'elle perdrait d'un jour à l'autre.

« Comment vas-tu ? Tu as les traits tirés. »

Malgré les circonstances, les premières paroles maternelles sont toujours pour leurs enfants. K eut un geste évasif, cherchant à ne pas se dévoiler.

K se domina pour mieux mentir, mieux sourire.

« Tout va bien. Rien n'a changé. »

La jeune femme se surprit elle-même de la franchise dans sa voix. Le regard de sa mère tomba sur sa montre :

« Tu devrais changer la pile, la trotteuse ne bouge plus. »

À son tour, K fixa les aiguilles qui s'étaient arrêtées sur 19h06. Elle se souvenait de cette heure. Celle-ci s'était profondément imprimée dans sa mémoire.

Le jour de l'invasion, au moment même des annonces par les antennes nationales, les infirmiers avaient sorti les malades de leurs lits et les avaient descendus dans les abris de l'hôpital, les portant à bout de bras s'il le fallait. K et sa sœur avaient fait aussi vite que possible pour retrouver leur mère, se frayant un chemin dans l'opacité de la panique, mais une explosion avait eu lieu à quelques rues de là, vers la gare. Avec un refus absolu de la pitié, l'ennemi voulait couper toute fuite ou tout renfort, et endommageait les voies de communication.

Lors de la déflagration, l'électricité se coupa net. Poussés par l'onde de choc, des chariots renversèrent dans les couloirs les personnes qui n'étaient pas déjà tombées. À terre, K reprenait à peine ses esprits que Mila la saisissait sous les bras pour la relever. Soudain, les lumières revinrent, les moteurs diesel venaient de prendre le relais sur le réseau électrique. Et tandis que tout autour, on restait hébété, les deux sœurs avançaient vers l'aile de l'hôpital où se trouvait leur mère. En passant, elles jetèrent un coup d'œil par une ouverture, vers la station ferroviaire. À sa place se tenait un bâtiment éventré, dégorgeant des fumées d'incendie. Les fauteuils rouges sur le parvis n'attendraient jamais plus personne. Les jumelles n'avaient pas été blessées, mais la montre de K s'était arrêtée à ce moment-là. La jeune femme avait vainement changé les piles. Le mécanisme devait être brisé. L'archiviste l'avait gardée à son poignet, comme un symbole.

K tapota le cadran, dans l'espoir toujours contrarié que cela la ferait repartir. Elle regarda un temps l'aiguille, sentit le regard de sa mère qui lui dit :

« Tu ne me cacherais pas quelque chose ? »

Sa clairvoyance, elle, sonnait toujours juste. Sa mère enchaîna, sans lui laisser le temps de concocter un mensonge :

« Il y a deux mois, quand j'ai perdu connaissance, une tension montait dans le pays. Depuis que je suis réveillée, tu ne m'en as pas dit un mot. Je suis inquiète. Plus aucun voisin ne prend de mes nouvelles, mes amis ont comme disparu, même ta tante ne décroche plus son téléphone pour se plaindre de ton oncle, j'en ai presque envie de l'appeler. Et les enfants qui jouaient dans la cour ou le jardin commun ? Je ne les entends plus, non plus. »

Son enfant était son dernier pont, celui qui la reliait encore aux silhouettes des vivants. Sa mère n'avait jamais aimé les images roboratives de la télévision, c'était une femme peu portée sur les idées générales, n'aimant que des choses saisissantes de réalité : tout un monde autour de ses filles et de quelques êtres. Après la mort de son mari, elle avait resserré son champ d'action au cercle familial, délaissant les tracas de ses amis pour l'épanouissement de ses deux filles. Elle s'était faite louve d'un territoire qui ne s'étendait pas au-delà de la rue qu'elles habitaient.

K continua de la rassurer :

« Tu n'as pas à t'en faire, maman. À notre époque, nous ne connaîtrons plus les conséquences désastreuses des erreurs diplomatiques, les dirigeants sont assez intelligents pour ne pas s'enfoncer dans une guerre qui n'aurait pas de fin et détruirait l'économie de leurs pays. L'homme n'en est plus à ses balbutiements d'enfant, il a grandi et ne commet plus les erreurs du passé. Tout va bien, tout le monde est seulement occupé. Le plus important, c'est toi, ta santé. Comment te sens-tu aujourd'hui ?

— Moi, tu sais... j'ai bien vécu déjà. Je m'inquiète pour toi et ta sœur. Vous avez tout à construire encore. »

Construire. Comme ce mot si simple prenait des accents utopiques en ces temps guerriers ! Que pouvait-elle encore construire sur ce pays menacé par les ruines ? Sur la commode, de l'autre côté du lit, trônait la fleur, aux côtés des *motankas*, ces petites poupées en tissu que sa mère aimait tant.

La première fois, quand K avait découvert cette fleur orangée accrochée à sa poitrine, elle l'avait déposée sur cette commode, sans trop y réfléchir, à côté des trois poupées en habit folklorique. Elle en avait fait de même avec les autres objets, comme pour partager avec sa mère ses rêves éveillés, mettre de leur magie dans la chambre. Elle aimait l'idée que sa mère devienne une sorte de gardienne. Son âge lui permettait ce rôle. Naïvement, pour contrer ce qu'on lui demandait d'accomplir, K imaginait que c'étaient des reliques dotées d'un pouvoir. Dans les journées portées par le désespoir, se raccrocher à l'impensable, à un miracle, permettait de survivre. Cette pièce serait son nouveau refuge. Qui irait chercher un trésor, un espoir, dans la chambre d'une mourante ?

K déposa la partition de l'hymne, à côté de la fleur et des *motankas*.

La jeune femme trouvait que sa mère reprenait vie, que son teint était plus clair, ses idées plus limpides. La jeune femme attendait presque de pouvoir retourner dans ses visions pour rapporter quelque chose à déposer. C'était là une forme de pensée magique pour combattre un quotidien trop réel, sans imagination. Cela faisait plusieurs semaines que la fleur orangée avait été déposée sur le meuble, et elle n'avait pas perdu de son éclat, aucune flétrissure ne marbrait ses pétales. L'eau non plus ne croupissait pas.

CHAPITRE 12

Un rayon de soleil déposa son or sur le morceau de vitrail. On distinguait dans sa couronne brillante le poing levé du poète Chevtchenko. Son ocre était rendu vif, magnifiant les ourlets noirs qui entouraient les doigts serrés, comme en ce moment ceux de sa mère sur l'édredon. Un instant, elle crut voir les veines de verre palpiter, se gorger de vie.

C'est alors qu'une idée germa dans son esprit. K déposa un rapide baiser sur le front de sa mère qui s'était rendormie, puis descendit dans le jardin de l'immeuble dont les copropriétaires avaient cessé de prendre soin. Au bout d'un chemin de pierres blanches se tenait un cabanon en bois. Sa mère y avait rangé de vieilles affaires qui ne pouvaient tenir dans l'appartement. Descendue il y a quelques années chercher un vieux moulin à café, K était tombée sur des vitraux, laissés comme ça, couchés sous des faux. Elle ne les avait jamais vus et, en remontant, avait questionné sa mère sur les raisons de leur présence.

« Ils sont magnifiques, n'est-ce pas ? Ils proviennent de notre ancienne maison de campagne. Un artiste y avait habité, et quand nous l'avions visitée avec ton père, j'étais tombée amoureuse de la lumière du salon. Je ne connais rien de plus beau que leurs bleus, qu'un peu de soleil fait vivre. Tu te souviens des reflets sur la dorure des Encyclopédies ? ... Non, excuse-moi, tu étais toute petite quand nous sommes partis. Quand on a signé la vente de la maison, je n'ai pu me résoudre à les abandonner, et j'ai tenu à emporter leur lumière. Ton père a passé une semaine entière à les desceller et à les remplacer par des vitres. Un amour d'homme ! Malheureusement, les fenêtres de notre appartement se sont révélées trop étroites pour y enchâsser ces merveilles... »

Ainsi les vitraux étaient-ils restés dans ce cabanon. Et si les araignées avaient été sensibles à leurs couleurs vives, ils n'avaient pas été perdus pour tout le monde.

À présent, K regardait cette cabane devenue une épave hirsute, dévorée d'herbes folles qui ponctuaient de jaunes les amas de pierres. Un obus de passage avait éclaté sur le kiosque du bout de la rue, l'onde avait soufflé à trente mètres ces fines planches dérisoires. Elle n'était plus, au bout de ce chemin, qu'un désordre de briques et de bois.

Dans cette partie du jardin, le vent s'engouffrait par fines goulées et avait toujours eu la même note aiguë. K s'assit un instant sur une vieille souche mangée d'insectes. Une forêt de minuscules champignons blancs formait un cercle autour d'elle. La jeune femme releva la tête et vit une échelle abandonnée, dressée contre l'immeuble en face. À son sommet, elle se confondait, par sa couleur, avec le toit, comme disparaissant au-delà des tuiles, vers un ailleurs imprévu. Ailleurs... K y serait-elle plus heureuse ? Elle en était là, à imaginer un monde que nul n'a encore regardé au-delà des derniers barreaux, quand des flocons ternes se mirent à tomber. Elle tendit la main, intriguée par cette neige sans fraîcheur, avant de s'apercevoir que c'était une pluie de cendres. Quelque part en ville, un immeuble devait brûler.

K se remit debout, approcha des gravats de la cabane et commença à soulever les planches et les pierres les plus légères pour les disposer en petits tas sur le côté, d'où certaines roulaient jusqu'au sol, sans pouvoir tenir à leur place. Enfin arrivée à la terre nue, elle distingua ce qui restait des vitraux : des fragments de couleurs vives, du bleu surtout, puis des pousses de jaune, au cœur desquelles un rouge carmin donnait à l'ensemble l'aspect d'une blessure. K se courba avec cette patience des glaneurs de blé dans l'immensité des champs. Elle entreprit sa récolte morceau par morceau et les rassembla dans une boîte en fer qu'elle avait aussi retrouvée dans les décombres. Selon son épaisseur et sa forme, chacun sonnait différemment. Et tous ensemble, les éclats colorés ressemblaient aux écailles d'un monstre fabuleux. Quand elle considéra en avoir suffisamment, l'archiviste remonta les marches de l'immeuble son butin sous le bras. Le verre tintait comme un carillon.

Quand elle revint dans la chambre, sa mère dormait toujours, sa respiration dispersée en petits craquements. Sur son visage passaient les ombres du jour. K repartit discrètement dans le salon. Assise en tailleur, elle disposa les morceaux au sol, clairs et magnifiques, sous la lueur étroite et sans force du plafonnier. Elle les distribua par couleurs dans des ramequins qu'elle prit sur le buffet.

K repensa une dernière fois au récit de la maison et du déménagement. Sous ses yeux, l'histoire méconnaissable était pourtant là, toute entière sur le plancher. Il lui restait à retrouver le ravissement de sa mère, dans ces couleurs. K commença à composer un vitrail d'après ces quelques paroles. Elle se souvenait du temps où, assises par terre dans leur chambre, Mila et elle avaient été initiées à cet art.

« Vous qui aimez tant les bandes dessinées, mes chéries, savez-vous quelle est leur origine ? »

Rapidement, les jumelles sortaient du lit, leurs petits pieds nus au sol, à l'appel d'une de ces histoires dont elles raffolaient. Elles s'asseyaient tout près de leur mère, posant chacune leur tête sur une épaule, écoutant avec avidité.

« Au Moyen Âge, où les dragons regardaient par les fenêtres si les enfants se brossaient bien les dents !

— Mais non ! C'est pas vrai, ça, maman, on le sait ! » disaient les deux sœurs en riant.

Leur mère leur attrapa la main pour avoir leur attention, et poursuivit son histoire :

« Oui, oui, je disais : au Moyen Âge, où les dragons gardaient les princesses dans leur tour, pour ne pas que les princes les importunent, seules quelques personnes savaient lire. Même les princes, puisqu'on en parle, n'étaient pas tous lettrés ! Je ne vous raconte pas les déboires de ces pauvres garçons pour séduire l'élue de leur cœur ! On les voyait trépigner sous leur fenêtre, hurlant : *Je suis là, descends !* » fit leur mère en prenant une voix belliqueuse.

Elle grimaçait et les deux fillettes se tordaient de rire.

« Si les princes étaient quelque part au-dessus des lois, le peuple, lui, devait comprendre les valeurs les plus importantes, malheureusement celui-ci ne savait pas lire. On devait donc l'instruire d'une autre façon ! Mais surtout, surtout, surtout, on devait fermer la porte à tout un tas de comportements. On la lui claquait même au nez !

— Comme quoi, maman ?

— Oh ! Tout ce que les petites filles ont droit de faire ici : la gourmandise ! Se lever tard ! Et, le pire de tout, l'impardonnable ! Dire non à leur mère ! »

Et elle le disait en leur pinçant les flancs, ce qui les faisait se tortiller. Elle continuait alors :

« En ce temps-là, il y avait un lieu, dont personne n'osait faire l'école buissonnière : les églises !

— Même les dragons, ils n'osaient pas ?

— Eux étaient trop gros pour entrer, ils avaient une dispense ! Alors on a décidé que les fenêtres, fascinantes dans ces lieux, serviraient à raconter les vies des Saints, afin que les gens comprennent quelles étaient les valeurs à adopter. On a alors créé des vitraux sur lesquels les textes sacrés étaient dessinés. »

Elle avait posé, pour l'émerveillement de ses filles, un faux vitrail en plastique, sur la fenêtre encore ensoleillée. Leur mère avait ensuite sorti différents outils, et montré à ses enfants comment se façonnait un vitrail. Ce jour-là, K avait peint de ses mains encore incertaines un soleil dont l'orbe rouge et démesuré tranchait avec le bleu dans lequel il était plongé. Et l'enfant avait dit à sa mère cette parole étrange qui fit voir l'adulte, l'espace d'une seconde :

« Nous verrons quelle couleur gagne. »

À présent, K eut envie de reprendre ces mêmes couleurs. Elle arrangea quelques morceaux rouges qui faisaient le tour d'un cœur noir : des coquelicots, eux-mêmes encerclés par différents bleus qui représentaient les teintes changeantes du ciel, entre zénith et horizon. K ne vit pas le temps passer : cette nuit-là, presque deux décennies plus tard, la jeune femme mit à nu son intérêt brûlant pour ces deux couleurs, un appétit qui ne s'était pas endormi depuis que, petite fille, elle avait fait ce premier vitrail. Tout ce qui avait été en sa présence n'avait finalement jamais cessé de remuer ces deux couleurs, de les adosser l'une à l'autre. Elle leur avait confié ses vêtements, ses feutres et avait eu un mal fou à trancher pour sa première voiture. Ce qu'elle regardait des êtres et des choses marquait irrémédiablement leur union. Toute sa vie en était embrasée. Dès qu'elle était seule, désoccupée, ne pensait-elle pas au ciel couchant ? Elle ne vit que cela cette nuit : que quelque chose l'avait toujours attendu entre ce rouge et ce bleu.

Une fois les morceaux de verre fixés par de la colle transparente, elle souleva l'ensemble. La lumière de l'aube passait au travers. K alla le déposer sur le rebord de la fenêtre, dans la chambre. La pièce se teinta immédiatement de nouvelles lueurs. Sur le visage encore endormi de sa mère, il n'y avait plus d'ombres, seulement la teinte vermillon des fleurs qui rendait le rose à ses joues.

Chapitre 13

Ce matin-là, K choisit une nouvelle fois de passer par le parc. Jusqu'à ces dernières semaines, elle n'avait jamais eu besoin de cette nature qui l'environnait, aux arbres elle avait préféré les pages. D'un pas souple, elle atteignit la partie la plus reculée de la ville. Une futaie composée de châtaigniers et de bouleaux. Au détour d'un chemin, deux géants lui firent face. Celui sur la gauche, au tronc blanc, comme une robe de mariée, était un bouleau. Il avait le tronc fin, presque frêle, mais il était plus haut et plus ancien que l'arbre à ses côtés : un châtaignier. Les feuilles jeunes, d'un vert presque fluorescent tant la lumière passait au travers, celui-ci était encore trop fluet pour porter des fruits.

K les regarda : lequel des deux l'emporterait ? Celui dont le houppier se gorgeait de lumière, ou bien celui qui patientait à l'ombre du plus fort ? Un détail attira son œil. Les feuilles du bouleau se recroquevillaient sur elles-mêmes, dans les tons brun orangé, un champignon qui les rongeait de l'intérieur sans doute.

La jeune femme s'apprêtait à s'en approcher quand son téléphone vibra dans sa poche. Un numéro inconnu. Habituellement, elle n'aurait pas décroché, mais elle pensa à sa mère et prit peur.

C'était une voix masculine.

« Je vous attends. »

L'Homme au chapeau avait déjà raccroché.

Quelques minutes plus tard, l'archiviste poussa la lourde porte de la bibliothèque, essoufflée par sa course où elle n'avait plus rien vu ni du parc ni des ruines que de vastes taches floues. Elle s'était réjouie de la fraîcheur du vent matinal, après cette nuit passée à confectionner le vitrail. Cela avait soulagé sa peine, tant de silence régnait dans sa vie en ce moment, mais cela lui avait aussi rappelé un souvenir perdu.

Quand son père avait été déclaré introuvable à l'issue d'une mission de spéléologie exploratoire, sa mère avait tant désespéré que, par une sorte de seconde disparition, elle avait passé de longs mois à dormir jour et nuit. Mila et K n'étaient encore que des adolescentes, mais elles s'étaient occupées sans bruit ni chagrin, devenant minuscules dans l'appartement. Sa sœur avait délaissé un temps la bandoura, dont les cordes pincées avaient jusqu'alors enchanté leur vie. Tout se dérobait, les formes manquaient de caractère et peignaient le portrait d'une absence.

C'était à cette époque apparemment sans issue que K s'était découvert une inclination pour les archives. Après le déjeuner, Mila et elle aimaient se réfugier dans le grenier et, en ouvrant des cartons, fouillaient des liasses gonflées de documents. Elles avaient déniché là ce qui ferait leur futur : un père, ethnologue spécialiste de la Galicie et de la Volhynie, qui remplissait ses carnets de notes nerveuses, écrites dans l'obscurité d'une tente. Lire ces pages manuscrites, découvrir ses hésitations à nommer, à se permettre un regard ou à partir plus loin encore, avait permis de le ressusciter aux yeux de ses filles. De ces journées passées au grenier, Mila tiendrait ses envies d'aventures et de journalisme ; K, de son côté, avait adoré rendre cohérentes ces notes jetées pêle-mêle, sans ordre aucun.

Lors d'une de ces après-midis dans le grenier, une photographie avait glissé d'une carte et était tombée au sol. Les jumelles avaient ainsi découvert une image de leur père qui lui donnait une définition nouvelle : rieur au milieu d'un champ de tournesols bordé de coquelicots. Penché sur une fleur qu'il tenait à la main, il regardait l'objectif avec un sourire malicieux qu'elles ne lui connaissaient pas. Ce sourire savait quelque chose qu'elles apprendraient plus tard : c'était celui d'un homme qui a cherché tout le jour un endroit pour sa bien-aimée. Au dos justement, quelques mots destinés à leur mère :

« D'un soleil à un autre. Plein de baisers. »

Les filles venaient d'ouvrir une fenêtre sur les prémices amoureuses de leurs parents. Ce verso était une formule pour s'aimer que leur mère aurait sans doute voulu revoir. Quand les jumelles étaient redescendues, elles avaient glissé la photographie dans un tiroir que leur mère ouvrait systématiquement au réveil, pour y prendre ses lunettes : par ce subterfuge, elles évitaient le risque d'une interdiction de fureter dans ses affaires, puis elles étaient rentrées sans bruit dans la chambre et avaient enlacé leur mère assoupie, reformant maladroitement le cœur d'une famille blessée.

Ce matin, en passant la porte de la bibliothèque, ces souvenirs résonnaient encore. K en était transfigurée, elle se tenait plus droite, les épaules en arrière, une affirmation du caractère qu'on retrouvait dans sa posture.

Pourtant, quand la porte se referma derrière elle, l'obscurité qui régnait dans l'entrée la submergea de nouveau.

Elle écoutait, immobile : l'Homme au chapeau, qui venait de l'appeler, ne semblait nulle part. Il se jouait d'elle. Elle prit le temps de calmer sa respiration, desserra le nœud de son foulard qui l'étouffait ce matin, et toucha du bout des doigts les deux pendentifs à son cou, puis franchit l'ouverture qui menait à la salle principale, puis s'avança vers son bureau. Ce serait une longue journée : il lui fallait reprendre le dessin préparatoire du vitrail avant de s'attaquer à sa réalisation.

Sur l'esquisse, de nouveau, le visage de sa sœur lui fit face. Même si elles étaient jumelles, avec l'âge, Mila et K se ressemblaient de moins en moins : à trente ans commençaient à se dessiner, autour du regard de sa sœur, des ridules d'expression qui marquaient sa vie au grand air. Cela ne s'arrêtait pas aux effets du temps : Mila se teignait les cheveux pour s'approcher du roux paternel, et cette lumière contrastait avec la blondeur naturelle de K. Alors qu'elle s'apprêtait à gommer le dessin de sa sœur, la main resta en suspens.

Et si elle laissait sa sœur au centre de cette œuvre ? Que sa jumelle soit présente en creux, qu'il reste, derrière l'aigle impérial imposé par l'Homme au chapeau, une lumière ukrainienne. D'un geste précis, elle effaça certains traits, en entrelaça d'autres avec les plis et les désordres du vêtement de Chevtchenko, transformant le nez en un bec, divisant, entre un bouton de chemise et l'œil d'une des têtes, le regard de sa sœur. Elle n'eut pas besoin de le reprendre, il avait déjà le caractère farouche de l'oiseau bicéphale.

Au bout de quelques heures, personne n'aurait pu dire que c'était une femme que Chevtchenko portait dans l'anse de son bras, et pourtant, c'était bien le visage de sa sœur, partagé entre l'aigle et le poète, que chacun allait regarder. Un sourire espiègle aux lèvres, K descendit les escaliers, une torche à la main. Elle traversa différentes galeries sans se perdre, prit soin de s'arrêter à des endroits inattendus, interrompant brusquement sa démarche, s'assurant qu'elle n'était pas suivie. Elle continua d'avancer plus profondément encore.

Enfin, elle arriva devant une porte qu'elle déverrouilla avec la plus petite des clefs de son trousseau et poussa pour se glisser à l'intérieur. Elle pouvait difficilement y tenir debout. Le faible faisceau de sa lampe éclairait un mètre à peine devant elle. Elle déposa sur une table le dessin tel qu'il avait été demandé par l'homme. Autour d'elle, sans qu'elle le sache, les ombres s'étaient réunies, elles étaient moins transparentes qu'auparavant, comme si l'audace de la jeune femme leur avait permis d'être un peu plus que des fantômes du passé. Quand l'archiviste referma la porte, l'acte qu'elle venait d'effectuer rendit son cœur plus léger. Dans sa main, la plus petite des clefs de son trousseau brillait elle aussi d'un nouvel éclat.

Chapitre 14

L'archiviste ne savait pas encore exactement à quel monument de sa culture elle allait devoir porter un coup infidèle ; mais elle avait déjà reconnu au cuir lisse, posé sur le bureau, qu'il s'agissait d'une reliure en vélin du XVIIIe siècle : un texte qui remontait donc à l'État cosaque. Et à ses côtés, disposées en ligne, droites comme des soldats à la revue, de petites poupées en tissu. Les mêmes exactement que celles installées sur la commode de sa mère. Leurs visages étaient de simples croix rouges, sans yeux ni bouche.

K se mordit les lèvres. Dépouiller les œuvres du patrimoine la replongeait immanquablement dans ses souvenirs personnels. C'était la beauté paradoxale de cette barbarie, elle refleurissait sa mémoire. Ainsi une autre histoire remonta-t-elle des limbes. Lors d'un après-midi d'hiver, alors que la buée givrante sur les carreaux les protégeait de la lumière grise du ciel, sa mère avait appris à ses filles le secret de fabrication de ces poupées.

« Prenez cette bande de tissu, les filles, puis enroulez-la de façon à... Un instant !... Voilà... à former cette surface pleine qui sera le buste. »

Les jumelles s'essayaient à reproduire la démarche avec de beaux gestes pour leur âge, nets et fermes, qui tour à tour faisaient et défaisaient par de multiples tentatives. Leur mère les regardait donner forme, affirmer qu'elles étaient déjà capables de créer, à peine maîtresses de leurs petites mains fougueuses.

« Ensuite, avait-elle ajouté, formez des nœuds... comme cela ! Pour modeler les différentes parties. »

Les gestes de la mère étaient plus lents que ceux des jumelles. Le jeu des mains hypnotisait les fillettes qui devenaient calmes, le visage tourné vers les doigts fins caressant la toile. Quand ce fut son tour, Mila se leva et alla ouvrir la boîte d'aiguilles.

« Surtout pas, ma chérie ! Surtout pas ! La *motanka* ne doit pas être percée, le tissu ne doit pas être altéré, cela porterait malheur ! »

Ces paroles l'avaient surprise et Mila en avait renversé le contenu de la boîte sur le parquet. Tout s'était éparpillé comme des aiguilles de pin. Pour aider sa sœur, K s'était emparée d'un aimant à l'abandon sur la table, et les avait récupérées par grappes. Le temps de les ramasser toutes, la mère avait terminé sa première *motanka*.

« Je l'ai rembourrée avec l'herbe de votre jardin favori. J'ai pris soin de la sécher. Elle portera un peu son odeur ! »

La poupée était étrange, sans les yeux ou le sourire qui auraient pu la rendre jolie.

« Elle me fait peur, maman... avait chuchoté Mila en se cachant derrière sa mère.

— Au contraire, c'est un visage sans identité, ma chérie, chacun est libre de l'imaginer comme il le souhaite. Mais attention ! Si jamais te prenait l'envie d'y coudre des yeux, ce serait comme si tu y avais mis les tiens ! La légende raconte que celui qui ose le faire voit son âme se glisser dans le corps de cette figurine. Cela fait cinq mille ans que ce rituel existe, il possède la force des générations. À chacune, son pouvoir se renforce. »

Elle la lui avait tendue dans un petit rire dont K se souvint, les larmes aux yeux. Mila l'avait prise du bout des doigts, elle n'arrivait pas à retrouver sa tranquillité et tentait, en regardant ce visage vide, de raisonner sa peur, par les moyens que lui avait suggérés sa mère. Mais l'enfant ne pouvait rien imaginer à cause d'une si grande absence.

La brume de cette mémoire se dissipa sur l'effort de sa sœur.

À présent que l'archiviste regardait les diverses poupées sur son bureau, cette peur enfantine, que Mila avait eu le courage de confesser et qui avait été aussi la sienne, avait perdu toute son emprise. Posée à côté du livre des Cosaques et des *motankas* rouges et noires, une enveloppe contenait les dernières consignes :

Les cosaques forment l'identité de votre patrie. C'est une aberration, car ils ne respectaient rien. Comme ils étaient ivres à longueur de temps, la barbarie à fleur de peau, il vous suffira d'exagérer ce trait pour les rendre minables. Il est temps de mettre de l'ordre dans tout ça, de leur donner un véritable chef à honorer. Dans ce sens, vous ajouterez quelques lignes et vous en ferez disparaître d'autres. L'œuvre dont vous devrez faire une version à l'usage de la jeunesse : le roman Taras Bulba *de Gogol.*

Au froissement du papier, les ombres s'étaient rassemblées autour de K. Cette fois-ci, elles avaient des allures guerrières. Une silhouette colossale se détacha du groupe et s'approcha. De son dos dépassait la poignée d'un sabre. Elle se courba et, d'un geste lent et ample, toucha l'épaule de l'archiviste.

K tendit l'oreille, il lui sembla entendre un bruit régulier, comme celui d'une ancienne locomotive à vapeur. Cela se rapprochait, ce n'était pas un train, c'était quelque chose de plus tourmenté, un rythme ternaire : le galop d'un cheval. K fit volte-face et se retrouva dans une plaine lumineuse, loin de l'obscurité qui enveloppait la bibliothèque.

Chapitre 15

Le cosaque, sur son cheval, venait de franchir le Dniepr et n'était qu'une faible silhouette qui se découpait à l'horizon. Au milieu d'une steppe dorée qui semblait n'avoir pas de limites, son cheval fusait en soulevant la poussière du sol. Le soleil était à son zénith et faisait de sa course une apparition miraculeuse, biblique, et donnait à son voyage, qui touchait à son but, une dignité rude et déchirante. Bientôt, les autres purent le distinguer et ils battirent des mains au rythme même de son galop. L'accordéon et la flûte entonnèrent à leur tour cette cadence enfiévrée, et la braise du tempo tira de la troupe un danseur. Déjà ivre de foule, de vin et de fatigue, le visage cuit de soleil, il s'élança d'un bond sans que personne ne l'ait vu prendre appui sur le sol. L'homme au corps élastique étendit une main vers le soleil, cachant son visage de la lumière, écarta prestement ses jambes à l'horizontale et toucha ses pieds de ses paumes, lançant un petit cri « Hop ! » en même temps. Il sembla rester suspendu dans les airs plus longtemps qu'un oiseau.

Autour de lui, la liesse et les langues se livraient bataille, claquant et criant l'arrivée du héros. Plus l'homme s'approchait de la troupe, plus son galop était rapide, plus fort était le chant au-dessus de la steppe. La fête ressemblait à un jour qui n'aurait pas de fin : tant que les hommes chanteraient, le soleil ne se coucherait pas.

« Бабуся ? »

À l'écart des voix autoritaires, une plus fluette, à peine perceptible. L'enfant recommença, tirant sur la robe de sa grand-mère. Celle-ci regardait comme les autres le cavalier au loin. Derrière lui, les bras du Dniepr entouraient l'île sur laquelle ils habitaient et formaient des rubans bleus agités.

« Que veux-tu, Синку, мій синку ? »

La douceur du regard de la grand-mère pour son petit-fils atténuait la vieillesse de son visage. Elle le hissa avec vigueur au creux de ses bras pour qu'il découvre lui aussi d'où venait le martèlement des sabots et le spectacle qui s'offrait à eux.

« Moi aussi, un jour, je deviendrai un cosaque ?

— Tu en es déjà un. »

Elle prit son poignet encore menu, en fit le tour de sa main, et l'éleva vers le ciel, comme le mouvement du danseur.

« Un jour, ils auront parmi eux l'homme que tu seras devenu. Chantant les hymnes, et caracolant sur son cheval ! Ton père et ton grand-père étaient de cette trempe, leur sang avait la pulsation du fleuve qui défend toujours sa liberté ! Vois ! Tu te tiens déjà comme eux : quand je te laisse libre dans le jardin, tu regardes au loin, vers l'avenir, ce qui menace l'horizon. »

À son tour, l'enfant regarda les rives de l'île. Ces hommes étaient à l'image de cette terre : des anarchistes vagabonds sans attache, ne se détournant jamais de l'adversité qui était la vraie loi de leur vie. Ces princes vêtus en gueux connaissaient parfaitement le danger : les règles et le pouvoir des autres. Tout ce qui n'était pas cela était pour eux un monde à aimer. Portés là où leur désir les menait. Farouchement amoureux de leur île, détachée du reste du monde, le but de leur combat était la liberté, s'adossant au besoin à des pouvoirs extérieurs, sans volonté de se soumettre.

Quand le dernier des cavaliers arriva, les autres l'encerclèrent et ils formèrent une troupe unie où chacun était un héros anonyme, comme ces essaims d'abeilles qu'aucune main ne peut séparer. Ils étaient des frères qui répondaient à la lutte par une fête éternelle : tel était le refuge de ces hommes sans repos, sans cesse attaqués par des empires friands de leur terre féconde, mais aussi envieux de leur franche liberté que ces autres ne pouvaient plus atteindre.

Le petit sauta des bras de sa grand-mère et courut rejoindre ses petits camarades, assis en cercle, un brin d'herbe dans chacune de leur bouche d'enfant.

Chapitre 16

K reprit conscience debout sur les remparts de la ville. Comment était-elle arrivée jusqu'ici ? D'abord immobilisée par la surprise, elle fit quelques pas et sentit au contact de ses pieds une texture inhabituelle. Elle fixa ses chaussures d'un air perplexe. Des bottes ! K s'accroupit et les toucha de ses mains. Les mêmes que portaient les cosaques qu'elle venait tout juste de quitter : en cuir souple, marron, atteignant presque ses genoux. C'étaient elles qui l'avaient conduite ici, sur ces hauteurs. K n'y était jamais allée auparavant, n'en avait jamais éprouvé le besoin, reléguant cette ascension à une curiosité touristique, et découvrait ainsi pour la première fois la vue qui s'ouvrait là-haut.

Son incarnation parmi les cosaques lui avait donné une détermination nouvelle : malgré les revers du sort, les fourberies et les coups durs, ces hommes s'étaient maintenus, leur fragilité s'était révélée plus forte que les volontés acharnées à les faire disparaître. Ils étaient en position inférieure ? Qu'à cela ne tienne, ils ne ployaient pas, s'organisaient à la hâte : chacun était le maillon qui faisait à parts égales la force d'un grand tout.

Un mois plus tôt, sa mère lui avait demandé, en voyant la fleur sur sa poitrine, si le printemps était déjà là. Et ce matin, face à la nature qui reprenait vie après un rude hiver, K aurait aimé être avec elle sur les remparts. C'était un équinoxe entre deux saisons, la nature pétillait de bourgeons sur les arbres, mais rien n'avait encore éclos. Plus bas, sous la muraille, restaient quelques plaques de givre qui s'illumineraient au soleil de midi. La jeune femme réfléchissait à ses façons d'agir, afin de faire partie de ce tout, sans être le chaînon qui ferait plier son peuple.

Le jour se levait par-delà de nombreux reliefs obscurs, mais l'aube faisait une place toujours plus grandiose aux formes diurnes. Ce n'était qu'une question de minutes. Enfin, les premiers rayons, les mêmes à ses yeux qui éclairaient la commode de sa mère. Une partie de leur salut viendrait de là, de ces objets que K collectait et regroupait dans la chambre. Trouverait-elle à temps un moyen de prévenir sa sœur de leur importance ? L'Homme au chapeau aurait forcément l'idée de fouiller leur appartement : que se passerait-il s'il les découvrait ?

Un bruit se fit entendre. Elle appuya ses coudes contre la pierre froide et regarda par-dessus l'enfilade des créneaux. Le jour s'était levé, à présent. Sur l'un des parapets, un oiseau pépiait, comme s'il avait reçu la charge d'ouvrir la saison des amours. La nidification allait commencer, réchauffée par un soleil tout neuf, une cache que ne protégeaient pas encore les feuillages.

Plus loin, à mi-hauteur du rempart, un chêne avait poussé à l'horizontale entre les pierres. K se plaça au-dessus et enjamba le garde-corps. De son pied, elle atteignit les branches les plus hautes et, s'aidant de quelques prises sur la paroi, descendit prudemment sur l'arbre qui se tenait au-dessus d'un vide.

Les ramures portaient déjà leurs feuilles. K serra son étreinte, écorchant ses paumes sans douleur ; elle ressentait seulement l'allégresse d'exister de façon si pleine sans pouvoir être vue, sans que personne ne sache où elle était. Assise sur une branche, elle leva la tête : un peu plus haut venait de se percher un faucon, qui se dandinait d'une patte sur l'autre, cherchant son équilibre. Il s'était posé là en maître. D'un mouvement de tête saccadé, le rapace inspecta ce que cachait le feuillage du chêne, fixant un instant le regard de l'archiviste, cette présence étrange. La vue de ces deux billes noires qu'étaient ses yeux ralentit la respiration de K. Les plumes s'ébouriffèrent sous l'effet d'un vent qui se levait : le faucon bascula dans le vide. La jeune femme fut subjuguée tandis qu'il déployait ses ailes. Son cœur avait plongé avec cet oiseau qui, lui, empruntait un autre passage. Il allait chercher, vers la forêt et la steppe, une pureté qu'elle pouvait voir de loin. Tout un monde qui semblait tel qu'il l'avait voulu.

K eut cette envie naïve d'être ce faucon, de se sentir portée par les airs, de s'enfoncer dans les bois et de parcourir les plaines, de croire en la liberté : la nature ne sait dire que cela. *Un jour, comme le cosaque, vous serez de nouveau libre dans la steppe, ce n'est qu'une question de temps :* voilà ce que la jeune femme ne cessait de vivre dans ses incarnations. Les artistes, eux aussi, avaient probablement regardé les oiseaux et voulu faire route avec eux.

Son esprit prit soudain la direction de l'appartement et de la chambre, et l'image de sa mère alitée brisa cet élan. Ce jour d'espoir que l'oiseau avait projeté restait encore à atteindre. À la hâte, K prit appui sur une branche, se hissa en haut de l'arbre, sortit de l'entourage de ses feuilles, passa prestement de l'autre côté, la main glissant dangereusement sur la pierre, puis descendit des remparts. Arrivée dans la rue, sa cheville se tordit sur un pavé, mais K continua sa course boitillante jusque chez sa mère, avec l'envie de lui parler de ce qu'elle venait de vivre. Au moins pourrait-elle confier quelque chose qui n'était pas un mensonge.

Quand elle entra dans la chambre, sa mère ne l'accueillit pas de son sourire habituel, elle ne tourna pas la tête vers elle : elle gémissait, comme si la venue de sa fille dérangeait un moment de douleur. K resta sur le pas de la porte. La pièce n'était pas baignée de sa lumière habituelle, il y faisait même plus froid. Pourtant, la température extérieure était toujours identique, s'évadant de l'hiver, mais n'entrant pas tout à fait dans le printemps.

Après avoir ôté ses chaussures, elle s'approcha du lit sans un bruit et remonta la couverture jusqu'au cou de sa mère. Celle-ci ne réagit pas. Son visage avait perdu l'éclat rosé du vitrail, dont les couleurs aussi étaient désormais plus fades. K se déplaça dans la pièce, c'était sans doute une impression, le vitrail ne pouvait pas s'altérer ainsi, mais la jeune femme pouvait bien se convaincre de son erreur, les couleurs ne changeaient pas.

Sur la commode, les objets avaient eux aussi subi des changements : la fleur, restée fraîche jusqu'à présent, était désormais toute flétrie, des taches de moisissures l'entamaient à plusieurs endroits. La partition avait jauni, comme si elle avait repris son âge, et l'encre s'était effacée par endroits. K s'approcha des objets et prit la fleur entre ses doigts : elle était aussi fine que du papyrus. Encore quelques jours et il n'en resterait rien. Elle la déposa près de la partition et se tourna vers sa mère. De ce côté du lit, elle voyait mieux son visage : les yeux aux cernes bruns, les lèvres fines et blanchies à force d'être pincées, les pommettes saillantes. Sa mère leva péniblement une main, K fit quelques pas et se retrouva près d'elle. Les objets qu'elle rapportait n'étaient-ils pas miraculeux, n'allaient-ils pas la guérir ? K s'agenouilla, la main toujours dans celle de sa mère, le cœur aussi flétri que le souci. De l'autre côté de la ville, une déflagration retentit, les murs de l'appartement tremblèrent, mais sa mère ne réagit pas. K s'endormit auprès d'elle.

Chapitre 17

On frappa à la porte. Une première fois, puis une seconde. K s'éveilla brusquement d'un sommeil sans rêves. Combien de temps avait-elle dormi, et qui pouvait frapper ? Elle redoutait le pire. Instinctivement, K regarda sa montre, arrêtée à 19h06, se frotta les yeux. Sur son visage, les marques du drap formaient des sillons de sable d'une mer qui s'était retirée. Elle se leva, les membres engourdis de fatigue, longea le couloir et ouvrit la porte :

« Vous avez le sommeil aussi dur que votre tête ! »

L'Homme au chapeau était venu la chercher jusque chez sa mère. De crainte, K recula. Elle pensa aux objets dans la chambre. L'homme ne devait pas entrer ! L'instinct lui fit mettre son pied derrière la porte, maigre résistance face au poids et la force de cet homme. Remarquant ce geste de protection, il ajouta :

« Allons, vous me connaissez, maintenant, nous sommes de vieux amis ! »

K aurait aimé que cette scène ne soit qu'une plaisanterie, un mauvais rêve, mais l'Homme au chapeau ne bougeait pas dans l'embrasure de la porte et attendait quelque chose de la jeune femme, continuant de la fixer. Il portait toujours le même costume, comme s'il revenait d'un voyage d'affaires. L'homme enleva son chapeau.

« Qui vous a permis de ne pas venir ce matin ? Perdriez-vous de vue le danger qui guette votre pauvre sœur ? Dites-le-moi franchement si je dois stimuler votre pitié. »

Il posa sa main sur la porte et exerça une pression sur le pied de K :

« Vous permettez ? »

Avec une hésitation, elle enleva son pied. Il valait mieux ne pas éveiller ses soupçons, elle avait tout à y perdre. D'un pas sur le côté, elle libéra le passage, non sans un frisson quand elle sentit le souffle de cet homme passer sur elle.

L'Homme au chapeau déposa une sacoche sur le guéridon. Avec une lenteur maîtrisée, il sortit une pochette sur laquelle était inscrit le nom de sa sœur. Ironiquement, il fit mine de feuilleter le contenu, comme s'il ne le connaissait pas, puis en sortit une photographie. Mila se tenait assise, derrière une table, le visage entre les mains. On ne voyait d'elle que ses cheveux. Le roux avait perdu de son éclat.

« Dois-je en faire part à votre mère ? Elle serait heureuse d'avoir les dernières nouvelles. »

K réprima un tic nerveux et avala sa salive, le regard sur le cliché.

« Bien. Suivez-moi. Il est inutile de vous changer ou de vous coiffer. Dans la bibliothèque, personne ne vous voit. »

L'homme la conduisit jusqu'à une voiture garée en bas de son immeuble, devant une voiture noire aux chromes surannés. Il ouvrit la porte arrière. Le trajet vers la bibliothèque se fit dans le silence. Derrière les vitres, K regardait les remparts de la ville, qui lui semblaient plus hauts que d'habitude. Au-dessus, trois corneilles tournoyaient.

L'homme se frottait les mains derrière elle :

« Ne fait-il pas un peu froid par ici ? »

Sans attendre sa réponse, il s'assit sur sa chaise, se balança, puis mit les pieds sur son bureau sur lequel avaient été déposés quelques ouvrages historiques. Ses semelles étaient parfaitement lisses et brillantes, comme s'il n'avait jamais marché avec. Il alluma une cigarette et la fit rouler entre ses doigts, sans quitter K du regard. La jeune femme restait silencieuse, debout face à l'Homme au chapeau.

« Ne soyez pas timide. Venez vous asseoir à côté de moi. »

L'homme tira une chaise vers lui, puis la poussa vers K. Son haleine douceâtre était chargée de tabac.

« Vos voisins vous ont vue sur les remparts de la ville. L'aurore y est radieuse. Cela vous va bien au teint, vous êtes moins blanche que d'habitude.

— Je n'ai plus de voisins.

— Vos nouveaux voisins ! Ils ne sont pas très doués en pâtisserie et n'ont donc pas osé se présenter », dit-il en riant.

Un instant, il pointa son index vers le visage de K, puis laissa retomber sa main.

« Cette vitalité nouvelle sera parfaite pour accomplir les tâches des prochains jours. Mais si j'étais vous, je ne me risquerais pas à quitter la ville. Votre mère ne s'en remettrait pas. »

Même si l'homme portait toujours ce sombre mépris sur son visage, K percevait dans sa voix et ses paroles un fléchissement de la tension. Pour cet homme, elle travaillait à longueur de temps et semblait avoir acquis une part de sa confiance. Aux yeux de cet inconnu, elle s'était pliée à ses ordres.

« À présent, nous allons nous attaquer à l'Histoire. Rien que d'infimes détails que nous allons tordre un peu. Toujours dans cette optique de la rendre conforme avec notre présent. »

Chaque « nous » prononcé était pourtant un crève-cœur pour l'archiviste. Cela la renvoyait à sa collaboration, à tout ce qu'elle se refusait d'être, même si la captivité de sa sœur en avait décidé autrement. L'homme poursuivit :

« Tous les jours, vous travaillez dur pour moi. Je vous pardonne votre retard ! Vos raisons sont justes, cela va sans dire... Vous êtes une fille prévenante. Voyez comme je suis bon, cela mérite bien une petite récompense, et elle vous donnera du cœur à l'ouvrage. »

L'Homme au chapeau se pencha pour ramasser sa sacoche. Il l'ouvrit et en sortit une enveloppe, dans laquelle on pouvait distinguer de l'argent et deux billets de train qu'il tendit à K :

« Quand tout sera terminé, que le travail sera accompli, voici de quoi partir de cette ville, où tout est en ruines. On vous attend là-bas, c'est un endroit charmant, vous aurez un excellent poste, mieux qu'ici, et votre mère pourra être soignée. »

L'archiviste regardait l'offre sans sourciller. L'homme déposa le tout sur le bureau. K détourna le regard et patienta, des images des cosaques en tête, la sensation de ce vent si particulier sur l'île, devant la steppe. Ce souffle la détachait de ces initiatives.

« Il s'agit d'être raisonnable. Réfléchissez-y. »

L'homme se leva, alluma une autre cigarette et poursuivit :

« Trois périodes de votre Histoire méritent un nouvel éclairage. Tout simplement parce qu'elles fondent votre identité qui s'y réfugie volontiers pour faire pleurer dans les chaumières. Il est temps d'y mettre un terme, d'affaiblir tout ça pour que notre histoire commune soit plus douce. Comme deux frères qui font la paix. »

K ne réagissait toujours pas. Quelles étaient ces périodes dont il parlait ? L'homme sortit un papier de sa poche sur lequel étaient inscrits trois mots. Il repoussa le papier vers K qui put alors discerner :

HOLODOMOR
TCHORNOBYL
MAÏDAN

Quelque chose se noua dans son ventre : les deux premières mentions étaient des événements marquants pour son pays, des cicatrices qui ne disparaîtraient jamais de l'âme de son peuple. Elle se dit que cet homme était le diable. Jusqu'où irait-il ? C'était chaque fois une torture supplémentaire.

L'homme continua, sans voir le trouble de la jeune femme qui grandissait depuis la lecture de ces trois noms :

« Ce ne sera pas difficile de modifier les mentions de la première période historique, cette famine n'est reconnue que dans certains pays, pour d'autres ce génocide n'existe pas. Depuis quelques années, votre pays a tendance à le mettre en avant, comme si cinq millions de morts pouvaient être à la base d'une identité. Mais ne trouvez-vous pas qu'il vaudrait mieux avoir des origines plus mythiques, à l'image de Rome et de son berceau troyen, avec un Énée à la mère divine ? Comment croire qu'un peuple peut se glorifier d'une telle période ? Avouez qu'il existe meilleure légende... »

Il montra du doigt les volumes posés sur le bureau :

« Voici les archives qui font référence à cette histoire, vous les amenderez et taperez une nouvelle version à la machine. Nous enverrons tout ça à l'impression et nous ferons disparaître les originaux ! Ainsi la jeunesse portera-t-elle un regard neuf et apaisé sur ces événements. »

L'Homme au chapeau termina sa logorrhée. K demeurait muette : devant de telles abjections, elle préféra déplacer son regard vers les étagères, de peur de s'effondrer. Dans un des recoins, sans que personne ne puisse les entendre, les ombres se lamentaient. Une parmi elles s'en détacha et se colla contre K.

Chapitre 18

C'étaient des visages, des yeux sans vie, enfoncés dans leurs orbites, et il y en avait des centaines dans les rues. Le corps décharné, certains déjà morts, étendus à même le sol, contorsionnés, d'autres plus loin respiraient à peine dans un râle lent et continu ; quand ils en avaient encore la force, ils tendaient la main, l'œil suppliant. K regardait les secousses de leurs doigts et n'osait les toucher, se demandant quel secours pouvaient attendre ces êtres si proches de la mort que, déjà, ils n'étaient plus vivants. Quelque chose interpella la jeune femme : pour la première fois, on semblait la voir, était-ce justement parce que ces personnes disparaîtraient bientôt ?

Elle baissa la tête, prise à la gorge, des larmes au coin des yeux. Elle accéléra le pas, voulant fuir par la première rue qui s'offrait, mais y rencontra le même spectacle. K ne pouvait échapper à ces scènes d'horreur. C'était une hécatombe, non pas la débâcle des bâtiments, comme en temps de guerre, mais bien un naufrage des corps. Et cette odeur pestilentielle, le parfum lourd des charognes humaines qui s'entassaient : une loi interdisant d'enterrer les morts avait été promulguée. Il s'agissait d'accélérer les pertes par les maladies. Et même si donner une sépulture à ces morts avait été encore permis, plus personne n'aurait eu assez de force pour creuser des tombes. Au mieux, les gens s'appliquaient, comme l'Antigone d'autrefois, songea l'archiviste, à mettre quelques poignées de terre sur leurs morts, dans l'espoir d'un repos de l'âme. Les bêtes sauvages s'étaient un temps risquées à venir la nuit leur arracher quelques morceaux les moins putrides, mais les villageois les avaient capturées, tentés eux aussi par leur chair. Alors les animaux s'étaient rapidement faits plus rares, renonçant à cette facilité et retournant dans les profondeurs des forêts, à l'écart des hommes.

À l'importance d'un groupe qui se massait dans la rue, K devina qu'elle était arrivée devant la bâtisse des rationnements. Une queue s'y était formée : les gens tenaient à peine debout, leur visage n'était plus qu'une fatigue immense, leurs yeux ne se posaient plus sur la réalité, l'esprit tourné vers la seule portion de pain que la bouche imbiberait bientôt de salive et pétrirait avant de l'avaler. Personne ne voulait perdre sa place, aussi les gens s'étaient-ils attachés les uns aux autres par leur ceinture. L'ensemble formait une file étonnante, comme si ces pauvres êtres, dans leur cortège, étaient les esclaves d'un autre temps.

Ces atrocités avaient lesté d'une immense fatigue les jambes de K. Parvenue au bord d'une petite place, la jeune femme aperçut une mère qui allaitait son nourrisson. Ses vêtements en haillons montraient son dénuement, mais il existait malgré tout, sous la famine, le tableau d'une madone qui tend le sein à son enfant.

Frappée par cette scène, l'archiviste s'approcha un peu, mais, à mesure qu'elle avançait, elle distingua une pâleur sur le visage de la mère : sa mort avait dû arriver quelques heures auparavant. Pourtant, son bébé tenait toujours dans ses bras et continuait de téter ce sein déjà froid. K détourna le regard et se réfugia sous un porche.

Fuir, mais où ? K se mit à courir, espérant ainsi sortir de ces visions cauchemardesques. Elle arriva à la sortie du village, y retrouvant un semblant de paix. La nature avait conservé son apparente tranquillité, si ce n'est ces hautes tours de guet construites au-dessus des champs pour épier le moindre glaneur. On avait interdit de ramasser les grains dans les blés fauchés.

De l'autre côté du champ, derrière un bosquet, une clameur monta : des cris de paysans. Des hommes en armes étaient entrés sous le toit de paille d'une *mazanka*. Il aurait fallu partir vite, mais personne n'était en mesure d'imaginer que ça irait plus loin. Les hommes avaient attendu que ça hurle, que l'explication tourne mal, alors ils avaient sorti toute la famille, sauf les femmes et les filles. D'elles, on s'en arrangerait avec un autre genre d'appétit. Pour le moment, c'était à ceux du dehors qu'on en voulait. Les enfants ne suppliaient même pas, ils attendaient sans convulsions et sans méfiance, plus clairvoyants que les adultes. Ils comprenaient que ce qui allait suivre n'avait pas de conditions, pas d'échappatoire. Si l'archiviste les avait regardés eux seulement, elle aurait pu avoir l'impression que rien n'était grave, et pourtant. On leur prit tout ce qu'ils avaient, les accusant de l'avoir soustrait à l'État. Il fallait que K s'approche, se gorge d'images jusqu'à la nausée, ainsi pourrait-elle continuer ce qu'avaient commencé certains historiens ; il faudrait qu'elle se fasse témoin de ce génocide, de cet Holodomor.

Alors elle les vit, ces hommes, le sexe à l'air, riant, en train d'uriner dans la saumure, pour que tout périsse, que rien ne se garde. D'autres, du même régiment, s'étaient mis en cercle et criaient des ordres pour que les paysans se mettent à quatre pattes et aboient :

« Si tu cherches de la nourriture comme une bête, alors fais le chien ! »

Un des hommes se rebiffa, il reçut des coups de barre de métal dans les jambes, avec une telle force que ses os se brisèrent. Il s'écroula au sol sous les railleries.

Un peu plus loin, dans la chaumière qui avait été vidée, d'autres cris s'élevèrent. C'était au tour des femmes. K comprenait ces hurlements, ce n'était pas la peine d'approcher. Aussi, quand une jeune fille sortit, le corps bleui de coups et déshabillée, poussée en avant par quatre de ses tortionnaires, K saisit que les blés n'étaient qu'un prétexte pour déchaîner leur bestialité.

Chapitre 19

K mit du temps à retrouver son souffle : cette plongée avait été cauchemardesque. Parce qu'elle n'avait pu les toucher, K avait eu la sensation de ne voir que des fantômes, la peau si translucide qu'elle en avait perdu la couleur de la vie.

Humilier l'être humain jusqu'à le réduire à son état primaire, anéantir sa réflexion, le transformer en ventre creux et affamé, tourner ce qui lui restait d'esprit en une béance qui se gonflait d'eau à force d'être vide...

Ces personnes n'avaient rien demandé que de faire leur travail. Mais il fallait aliéner ces paysans qui ne possédaient que leur terre au profit de grands ensembles fermiers, amoindrir ce fleuron des républiques soviétiques qu'était l'Ukraine, berceau des artistes dans les années 1920-1930, et développer l'URSS coûte que coûte. Le plan quinquennal mis en place par Staline exigeait une industrialisation lourde, une collectivisation des terres agricoles refusée en masse par les habitants, alors essentiellement agriculteurs et attachés à leur parcelle de terre. La bureaucratie engendrait la terreur, ne prenant aucun compte de l'individu, aveuglée par ce que devait être un ensemble, un grand tout.

Cinq millions de morts, et l'identité des vivants brisée. Et désormais l'Homme au chapeau voulait brouiller les responsabilités de cet Holodomor. Près d'une centaine d'années après, pourtant, personne ou presque ne connaissait cette extermination par la faim, alors pourquoi enfouir ce qui l'était déjà ? Était-ce là un trait de maniaquerie extrême ? L'envie d'humilier deux fois les victimes ? Que la jeunesse n'apprenne cette histoire qu'au travers d'un mensonge ?

La guerre qui déchirait son pays avait rappelé à ses habitants la douleur de l'inanition. La ville de K avait été privée d'approvisionnement pendant deux semaines : quand les habitants avaient accueilli les premières citernes d'eau apportées par les convois humanitaires, ils ne pouvaient pas ne pas penser à des chemins historiques déjà parcourus. Dans leur bouche montait un « plus jamais ça ».

C'était le soir. K était revenue auprès de sa mère. Quand l'archiviste s'était réveillée du songe, elle ne tenait rien entre ses doigts : c'était une vision sans offrande, tant le dénuement y était complet. K avait ressenti le besoin de passer au-delà des remparts, d'entrer dans un champ et de sentir dans sa paume le piquant de la céréale. Ici, malgré la guerre, le blé continuait de pousser. Elle avait cueilli un épi tendre, tout juste sorti de sa gaine, et l'avait tenu avec la même dévotion que les autres objets qu'elle avait rapportés.

Désormais, l'obscurité tapissait les murs, elle dut avancer dans la pièce à tâtons, se cognant contre le coin d'une table qu'elle ne se souvenait plus avoir mise ici. Elle arriva enfin à cette commode où tombait le seul rayon de lumière venu de l'entrebâillement de la porte, et posa l'épi à côté des autres objets. Au moment où celui-ci toucha le bois du meuble, il avança tout seul. K sourit à ce phénomène qu'elle connaissait bien.

Elle devait être encore une enfant quand sa mère leur avait montré, à Mila et elle, un tour de magie. Pour la fête du 19 août, celle de la Spass, elle avait formé un bouquet qui cachait son visage. Elle détacha un épi et le déposa sur la main de Mila, un sourire espiègle sur le visage.

« Regardez, des forces invisibles le font avancer. »

À peine avait-elle lâché l'épi que celui-ci avait bougé de quelques millimètres grâce aux épillets des deux côtés. Mila avait crié de surprise avant d'éclater de rire.

« Maman, c'est génial ! Comment ça se fait ?

— Il est des choses qu'il faut savoir taire pour en garder la magie », avait murmuré leur mère, avant de faire le même tour avec K.

Sur la commode, les objets s'amoncelaient peu à peu. De façon étonnante, K n'avait plus peur que l'Homme au chapeau les découvre. En apparence anodins, ils auraient pu être des souvenirs de sa famille. La chambre de sa mère était devenue un sanctuaire. Et, face à ce corps qui faiblissait, restaient ces reliques. Il suffisait à K de les toucher, voire seulement de les regarder pour en sentir la force des bienfaits.

K sortit du placard une vieille machine à écrire, des papiers jaunis, puis s'installa à la table du salon. De son sac, elle prit les archives à reproduire en dénaturant certains passages. La lampe au-dessus d'elle agrandissait l'ombre de ses doigts sur les touches. Les cliquetis résonneraient plusieurs jours.

Tout ce temps où elle était à la tâche, elle évitait de penser au prochain remaniement. Tout aussi éprouvant que l'Holodomor, Tchornobyl et ses particules invisibles attendaient leur négation historique. L'Homme au chapeau lui demandait de faire peser la responsabilité de cette catastrophe sur son peuple, le rendre coupable de ce mal.

Chapitre 20

Maroussia venait à peine d'ouvrir les yeux que sa main chercha la chaleur de son époux de l'autre côté du lit, mais elle ne trouva que des draps froids et se referma sur du vide. Un coup d'œil à sa montre lui indiqua qu'il était à peine cinq heures : Pavel était encore à son travail.

Une lueur inhabituelle s'échappait sous les rideaux tirés, d'une rougeur acide qui poussa la jeune femme à se lever. D'un pas précipité, elle se dirigea vers la fenêtre et ouvrit en grand les tentures. Aussitôt, les murs furent baignés par une lueur irisée et légère, presque vivante. De chez elle, au-delà des arbres, et quand il faisait jour, elle pouvait voir les cheminées de la centrale de Tchornobyl, mais dans cette aube étrange, elle ne distinguait que cette lueur qui effaçait le reste du monde.

Elle se retourna pour la regarder parcourir la pièce, s'enroulant sur elle-même comme cette aurore boréale que Maroussia et Pavel avaient vue lors d'un voyage à Mourmansk, obtenu grâce au parti. Cela avait été leurs seules vacances après leur mariage et elles avaient eu des allures de lune de miel.

Mais ce matin, la féerie qui avait alors enchanté le couple n'était pas la même. La jeune femme alla rapidement chercher ses lunettes sur sa table de chevet, puis revint à la fenêtre. Elle fronça les sourcils : c'était plus rougeoyant que l'aurore boréale qu'ils avaient vue, et cela était étrange, à Pripiat, si loin du cercle polaire. Maroussia sentait comme des vagues de chaleur jusque dans ses jambes. Elle plissa davantage les yeux. Cette lumière était celle d'un incendie si important que les nuages s'étaient eux aussi teintés de rouge et semblaient être aspirés vers la centrale. Agglutinés au-dessus des réacteurs, ils tournoyaient à une vitesse de tempête. Cela venait bien de la centrale. Ce ne devait pas être grave. Son mari, un expert, lui avait toujours dit qu'un accident était inimaginable.

« Ne t'inquiète pas, j'ai confiance en mes collègues, et les infrastructures sont neuves ! C'est l'un des fleurons technologiques de l'Union soviétique ! »

Certaine que son compagnon reviendrait bientôt du travail, Maroussia tourna le dos à la fenêtre, traversa la chambre en s'emparant du premier pull qu'elle trouva sur son passage et s'habilla rapidement. Même si les beaux jours arrivaient, il faisait froid les matins.

Au petit mot qu'elle découvrit en enfilant un de ses chaussons, elle sourit. D'autres parsemaient son matin : sur la table de la cuisine, dans son bol préféré, dans le tiroir à couverts, dans le frigo, et même un quand elle soulèverait le couvercle du beurrier. Le papier, taché de gras, redoublait de tendresse à ses yeux.

Ils se connaissaient si bien que Pavel savait avec précision quels objets elle utilisait le matin. C'était leur rituel, leur façon d'être présents malgré l'incompatibilité de leurs horaires, où ils ne faisaient que se croiser.

Avec délicatesse, Maroussia déposa la récolte du jour sur la table en formica orange. Elle s'aperçut qu'il y avait comme un dessin au dos de chaque papier et en forma le puzzle. Mis ensemble, les morceaux représentaient deux personnes ; à des détails amusants, elle se reconnut, ainsi que son mari. Pavel avait décidément un talent pour dessiner et ne manquait pas de la faire rire avec ça. L'illustration naïve l'émouvait plus que les autres fois. C'était vraiment son Pavel, cette attention.

Le dessin cependant était incomplet : il manquait un morceau au centre pour que l'image soit entière, mais Maroussia eut beau fouiller dans les autres endroits possibles, dans la corbeille de fruits, le bac à légumes, le pot de farine, elle n'arriva pas à trouver la pièce manquante. Elle poursuivit un peu, juste le temps de refaire le tour des différentes cachettes. Rien dans le pot à café, rien sous la confiture ou le set de table. Elle continuerait plus tard.

Son petit déjeuner avalé, Maroussia se leva, mit sa main en coupe pour recueillir les quelques miettes, ouvrit la fenêtre et lança le tout en l'air. Il y avait une terrible odeur dehors, bien plus forte que celle des pneus qui pouvaient parfois brûler ; l'air était irritant et l'avait prise si fort à la gorge que sa respiration en fut coupée. La jeune femme referma la fenêtre et fut secouée par une quinte de toux. À travers la vitre, les feuilles des arbres avaient pris une teinte rousse, comme à l'automne, malgré le printemps qui arrivait tout juste en ce 26 avril. Maroussia prit une cigarette et fit rouler plusieurs fois la pierre du briquet, en vain. La sonnerie du téléphone l'interrompit :

« Maru, c'est Nadia ! »

La voix était tendue. Maroussia ne répondit rien, attendant que son amie poursuive, même si elle avait déjà l'intuition que les prochaines paroles seraient déterminantes et régleraient toute la suite.

« Il y a eu un accident à la centrale. À la caserne, on ne sait pas encore ce qui s'est passé, mais c'est le bazar ici, tout le monde court, les portes claquent, j'ai appris que des ingénieurs ont été appelés en urgence, même nos pompiers qui n'étaient pas de service cette nuit ont été réquisitionnés. Pavel et Igor y seront pour la journée ! »

Maroussia n'entendit plus la suite. À sa place, le tic-tac de l'horloge résonna dans le salon, la bouilloire sur le feu siffla de façon stridente, il lui sembla même que la lumière était plus blafarde que l'instant d'avant. Une scolopendre qui marchait sur le carrelage attira son attention, plus précisément ses pattes qui se levaient l'une après l'autre, avec une lenteur étonnante. En plein milieu de la pièce, la bête s'immobilisa quelques secondes, puis fit machine arrière ; bientôt elle disparut dans un des trous de la plinthe. La jeune femme s'assit sur la chaise la plus proche, le combiné à la main. Elle aussi aurait aimé faire comme ce mille-pattes, un demi-tour où cet appel n'aurait jamais existé. Incapable de réfléchir, la jeune femme sut que ce n'était pas là une journée comme les autres.

« Maroussia ? T'es toujours là ? J'y retourne ! Mais je voulais te prévenir. Tu peux venir à la caserne ? D'ici là, on en saura plus. »

C'est à ce moment-là que les alarmes stridentes de la Centrale se mirent en route. La jeune femme ne prit pas le temps de se laver. C'est à peine si elle vit dans le miroir ses cheveux en bataille, sur un visage marqué par une nuit trop courte. Elle enfila chaussures et manteau, celui de Pavel dont elle préférait la chaleur, puis sortit.

Sur le chemin, elle croisa des hommes aux pas pressés, et des badauds qui étaient sortis, attirés par la lueur rouge dans les airs. Comme si désormais elle serait là, dans le ciel, sans que personne ne puisse y changer quoi que ce soit. Plus aucun oiseau ne chantait, tous semblaient partis, il n'y avait plus que le vent dans les feuilles. Rien d'autre ne bougeait, pas même ces jeunes brins d'herbe que le printemps avait fait sortir de terre. Les écureuils qui d'habitude s'approchaient de la jeune femme avaient eux aussi disparu.

Une voiture la cueillit à la sortie du parc. C'était la Volga marron de Nadia.

« Monte ! J'ai reçu un appel. On va à l'hôpital, c'est là-bas que nos hommes ont été emmenés. »

Ce furent les uniques mots qu'elle put dire. Sa voix médusée était incapable d'en prononcer d'autres. Le reste du trajet se fit dans le silence, et toujours cette odeur acide qui flottait dans l'air. Une fois arrivées, les deux jeunes femmes franchirent le porche du bâtiment. Personne n'était à l'accueil. Sans plus attendre, Maroussia décida de pousser une des portes à double battant, qui s'ouvrait sur un long couloir sans fenêtre et derrière laquelle elle avait senti une grande agitation. Des infirmières couraient. À tout hasard, elle intercepta une aide-soignante qui poussait un chariot et lui demanda si un Pavel avait été admis. Celle-ci la regarda sans expression et lui désigna du doigt une chambre à quelques mètres.

« Je ne vous ai jamais vue, je ne vous ai rien dit. »

Maroussia allait partir, quand la femme la retint par le bras :

« Ne restez pas trop longtemps, il est fatigué. »

Puis plus bas, se murmurant à elle-même :

« Comme tous les autres, d'ailleurs. »

Pavel, fatigué ? Comment imaginer une telle chose ?

Quand elle entra dans la chambre, Maroussia se demanda si c'était bien son homme sous les bandages. Elle frémit en voyant le sang sur les pansements, mais en se penchant sur son visage, elle reconnut tout de même ses yeux. Elle ne put retenir un cri. Leur iris était plein d'un rouge obscur et le blanc d'un jaune presque fluorescent. Pavel la regardait sans vraiment la voir, du moins rien ne réagissait chez lui. Elle resta immobile, malgré un appel dans son dos. Un vieil homme en blouse blanche s'avança vers elle d'un pas énergique.

« Il ne faut pas rester là, madame ! C'est dangereux !

— Mais, c'est mon mari ! Pourquoi a-t-il des bandages, pourquoi ne me répond-il pas ?

— C'est la morphine, ça l'assomme. »

L'homme à la fine moustache grisonnante regardait sans empathie Pavel couché dans le lit.

« Venez, sortons. »

Dans le couloir, l'homme lui avoua le peu qu'il savait. Les radiations, le foie qui ne remplissait plus ses fonctions, la dégradation fulgurante de l'épiderme et des fonctions vitales, la morphine qui lui permettait de ne pas trop souffrir. La dernière phrase annonça le couperet : dans quelques heures, tout au plus, considérant la progression du mal, son mari serait mort.

Maroussia ne comprenait pas : les cachets d'iode ne faisaient-ils pas leur effet, n'avait-on pas ici des médecins spécialisés ? Mais au mutisme du docteur, elle devina qu'il n'y aurait rien à faire. Elle s'écroula de toute sa hauteur.

Quand elle se réveilla, Nadia était à son chevet : quelqu'un l'avait reconduite dans son appartement. À la mine défaite de son amie, aux larmes sur son visage, aux mains qu'elle lui prit dès son réveil, Maroussia comprit sans qu'il y ait besoin de mots.

Elle ferma les yeux et repartit dans les limbes d'un sommeil sans rêves. Les jours suivants, elle flotta dans une autre réalité, cherchant à fuir son nouveau quotidien sans son mari. Entre deux cauchemars, Nadia lui avait appris que le corps de son mari était parti à Moscou, dans un cercueil en plomb scellé. Un dirigeant était passé également, elle ne le connaissait pas, mais avait reconnu les galons d'un uniforme. Elle recevrait une prime. Son mari était mort pour la patrie. Qu'importait l'argent, ce qu'elle voulait, c'était son mari, construire une vie avec lui, qu'il revienne. Le mari de Nadia avait eu, lui, plus de chance : son état était stable, et les docteurs pensaient même qu'il pourrait bientôt sortir de l'hôpital.

C'est seulement au quatrième jour que Maroussia put se lever. La mine hagarde, la tête appuyée contre la fenêtre, la jeune femme regardait le feu que rien ne semblait vouloir éteindre. Saisie par le froid, sans doute à cause de la fatigue, elle enfila un gilet, puis mit les mains dans ses poches. Sous les doigts de sa main gauche, un papier. Avec délicatesse, elle le sortit des filets de laine et le garda intact, fermé, sous ses yeux. C'était le fameux dernier billet de l'autre matin, celui qu'elle n'avait pas réussi à trouver et qui manquait au dessin pour qu'il soit complet. Un message venu d'outre-tombe, maintenant que Pavel était mort, son corps enterré loin de sa famille, comme s'il était maudit ou pestiféré, son amour qu'elle ne le reverrait plus.

Après une longue inspiration, elle prit un des bords du papier et le déplia, le cœur en abîme. Quand elle découvrit le dessin, quelques larmes en effacèrent les contours. Il s'agissait d'un œuf peint, un *pysanka*, qu'on décorait lors des fêtes de Pâques. Elle le posa au milieu des autres : c'était ce qui les reliait elle et lui. Un symbole de renouveau, de fertilité, qui annonce l'éternel retour, après le mercredi des Cendres.

Au verso du dernier papier, elle aperçut les contours d'un dessin : elle le leva vers la lumière qui venait de la centrale pour augmenter sa transparence et crut apercevoir la figure d'un phénix.

Chapitre 21

K reprit ses esprits : elle était dehors, de nouveau sur les remparts, un dessin entre ses doigts. C'était le portrait de Pavel souriant, signé Maroussia, le 26 avril 1987. Au dos, une phrase écrite à la main :

« Les ombres de la nuit me rappellent à toi. »

Était-ce cela que l'Homme au chapeau voulait tuer, ce courage double des liquidateurs qui avaient éteint l'incendie et construit le sarcophage autour de la centrale, mais aussi de leurs femmes qui ont continué d'espérer, de vivre, après la catastrophe ? Des êtres qui, par attachement à leur terre, n'avaient pas pu partir et s'étaient montrés capables de reconstruire après l'inconcevable ? Au contraire, la signification de leur sacrifice devrait survivre, loin de l'accablement qui allait leur être infligé, et les rendrait coupables d'une catastrophe qui était la responsabilité des dirigeants.

Derrière K, les illuminations de la ville se découpaient nettement sur la ligne tranchante des murailles. La campagne, qui ouvrait ses bras devant elle, restait seule dans les dernières lumières du crépuscule. Le vent se prit dans le papier qui s'entortilla sur lui-même. C'était donc l'un de ces visages que l'Homme au chapeau voulait faire disparaître ? Il portait, par maladresse du crayon sans doute, les cernes de son père. Elle se souvenait que ces marques sous les yeux étaient signe de silence, d'insondables nuits où il s'enveloppait dans son fauteuil et roulait entre ses mains un journal.

Ce souvenir brillait pour elle sur le dessin, et cela l'aliénait encore davantage, perdue dans les méandres d'une histoire qu'elle avait vécue où tous les visages se rapprochaient inexplicablement. Si Pavel avait vécu assez longtemps pour avoir un enfant avec Maroussia, celui-ci aurait aimé se blottir contre la chaleur de son père, et l'enfant devenu adulte n'aurait jamais permis qu'on renverse cette histoire.

Au nom de quelle fatalité ce peuple déjà meurtri devait-il endosser les responsabilités de cette catastrophe ? L'Homme au chapeau ne pouvait-il pas lui laisser le souvenir exact de ses cicatrices, de ce qu'il avait déjà payé en vie cette année-là ? Était-ce justement cette fragilité du passé qui les avait fait devenir si unis face aux envahisseurs ?

K resserra ses doigts sur la feuille, la plia avant de la glisser dans la poche de sa veste. Il était temps de rentrer.

Dans la chambre, elle retrouva sa mère étonnamment reposée. Pour la première fois depuis des mois, celle-ci était assise, adossée contre de gros oreillers, un sourire doux sur ses lèvres. K déposa le dessin à côté de la partition de musique.

« Je t'attendais. »

Elle ouvrit des bras frêles et aussi fins que des feuilles de parchemin. K s'y blottit, oubliant un temps, quelques secondes tout au plus, que personne ne pouvait lui venir en aide. Elle allait ouvrir la bouche, mais sa mère la devança :

« C'est beau ce que tu as entrepris sur la commode, tous ces objets, ces petites choses de notre pays et ce vitrail que je ne cesse de regarder, quand la fatigue me laisse un peu libre : ils me ramènent à mes jeunes années. Mes balades avec ton père dans les champs, l'or du blé sous la paume, à fêter le retour de l'été, à courir dans les blés. On s'allongeait au milieu, le nez au soleil, oubliant ce qui méritait de l'être et pensant à nous deux. À la fin de la journée, il me tendait toujours un coquelicot, fleur de sang des cosaques à la tige délicate. Il chuchotait alors : "Nous avons jusqu'à sa flétrissure pour nous dire notre amour !" Une poignée de minutes, à peine plus qu'un sablier. Ces fleurs sont à notre image : des éphémères dont la grâce ne tient qu'à ces secondes où nous sommes réellement vivants. Le reste... »

La mère baissa les yeux, ses fines lèvres tremblaient à présent.

« Je sais que la fin est proche pour moi.

— Mais non, maman, voyons, regarde comme tu vas mieux aujourd'hui », répondit K, convaincue un instant par son propre optimisme.

Sa mère lui passa une main encore douce sur les joues et poursuivit :

« Elle m'a octroyé un répit de quelques heures et m'a permis de découvrir ce que tu faisais pour moi, de façon si discrète. Tes gestes ont tracé l'itinéraire simple de notre existence. Tant que ces objets sont là, il n'y a aucune inquiétude à avoir : pour chacune de nous trois, l'Ukraine existe. Ma belle enfant, tu es restée avec moi, tu as pris soin de tout. Tu sais... devenir mère, c'est avant tout vivre avec une peur constante, celle que ses enfants grandissent mal, que leurs rêves leur soient hors d'atteinte. Quand je vous ai eues, ta sœur et toi, j'ai transmis tout ce que j'avais, tentant de faire de mon mieux. Je n'ai plus rien à dire, tu me combles de joie. J'aurais tant voulu revoir ta sœur, mais elle doit avoir ses raisons. Le temps est venu, il n'est pas besoin de s'acharner, j'ai rempli ma vie puisque je vous ai eues, c'est le plus important. Vivre sans se tordre. Aujourd'hui, je peux partir sereine. »

K voulut l'interrompre, mais sa mère mit son index sur les lèvres de sa fille.

« Il n'y a rien à dire. Le choix que tu as fait est le bon, puisque c'est le tien. Tout peut encore changer : cela arrivera au moment opportun. Tu es jeune encore. »

Qu'y avait-il d'autre à ajouter ? La prescience des vieilles âmes, leur force pour trouver les mots qui nous appellent et nous soulagent... Comment définir la reconnaissance qui submergea K à ce moment-là ?

« Je me sens très fatiguée, tout à coup, je vais dormir un peu. »

Elles restèrent ainsi, dans un silence apaisé. La mère laissa tomber sa main sur la couverture, paume ouverte vers le plafond, puis détourna le regard, la pudeur sans doute. Sa poitrine cessa peu à peu de se soulever. Les yeux ouverts, elle fixait ce vitrail rouge coquelicot, dans un souvenir éternel.

Chapitre 22

Un bruit fit sursauter K. On farfouillait dans le salon. Combien de temps était-elle restée endormie, au chevet de sa mère ? Sa main sous la sienne était froide, à présent. Sous la porte, un rai de lumière, entrecoupé d'une ombre qui passait de façon régulière et à pas lents. Et si c'était l'Homme au chapeau, pour la seconde fois ? Il ne respectait décidément rien, ni la vie ni les morts. Cette fois, il ne manquerait pas de saisir l'occasion et visiter cette chambre.

Sa main se resserra sur les draps. Elle l'écoutait prendre son temps, cherchant peut-être quelques documents sur la guerre que Mila aurait dissimulés dans l'appartement. Mais surtout, il avait cette attitude nonchalante de celui qui va remporter une victoire décisive et retarde le plaisir du dernier coup. Elle se rendait compte à présent qu'il était impossible de ne pas se trahir et que ce petit musée constitué auprès de sa mère devait depuis le début être découvert d'un moment à l'autre. K avait bien vu son regard fou et implacable au moment de casser la bandoura sur la statue dans la galerie. Rien ne pouvait le raisonner.

K sortit rapidement de la chambre pour découvrir ce qui se cachait dans le couloir. Le luminaire du plafond se balançait lentement. La porte d'entrée était fermée, mais des bruits de heurts venaient de la cuisine. Avançant dans le couloir, elle se saisit au passage d'un trépied pour l'appareil photo de sa sœur et se dirigea vers cette pièce. Arrivée devant, la jeune femme s'aperçut que la fenêtre était ouverte, une brise souffla sur son visage. Elle était certaine de l'avoir laissée fermée. Elle s'approcha encore et découvrit sur la table une corneille. Ses billes noires la fixaient tandis que, de son bec, elle mangeait des miettes de biscuits. K s'immobilisa, pétrifiée par cet oiseau qui n'était pourtant d'aucune menace. Une fois les restes avalés, après un dernier coup d'œil vers la jeune femme, il s'envola par la fenêtre ouverte.

Le silence revenu, l'archiviste se sentit irrémédiablement seule. La jeune femme s'adossa contre le mur et son corps glissa jusqu'à terre. Elle pleura alors la mort de sa mère.

Chapitre 23

Une semaine s'était écoulée. L'Homme au chapeau n'était pas revenu rôder aux alentours de l'appartement. Avait-il appris la mort de sa mère, et se tenait-il volontairement à l'écart ? K avait été occupée par les diverses démarches administratives. La guerre rendait infiniment complexe la paperasse dont il fallait s'acquitter. C'était d'autant plus troublant que le chagrin des uns et des autres semblait s'être tari, la mort banalisée. La jeune femme se sentait si loin de la guerre, submergée par ce qu'elle endurait seule. Pourtant, à l'enterrement, une vieille amie de la famille était venue lui parler à la fin de la cérémonie.

« Je viens du nord, la guerre y est encore fraîche. Il n'y a plus rien là-bas, un feu sans fin a envahi l'horizon, des tombereaux enlèvent les cadavres qui se sont amoncelés dans les rues, les animaux sauvages s'approchent, attirés par l'odeur des charognes, par le silence aussi. C'est une désolation, et pourtant, dès que je le pourrai, j'y retournerai. C'est ma terre, je sais que tu le comprends. »

Les histoires étaient les mêmes. La ville de K avait été parmi les premières à tomber, ces mots avaient été les siens quelques mois auparavant. C'était la guerre qui voulait ça, il n'y en avait pas sans horreur. La jeune femme se demandait où l'être humain montrait son véritable visage. Était-ce dans la paix et la recherche de la vérité, ou dans la guerre et la soif de vaincre ?

Elle regarda cette femme qui avait tout perdu, comme elle-même, et lui caressa l'avant-bras, maigre pansement face à la perte. Celle-ci lui rendit un sourire : la vieille dame n'avait plus rien, pourtant, elle se tenait là, près de K, et ses larmes ne coulaient pas sur son propre sort, mais sur celui de son amie disparue. Il restait donc un espoir, même minime, par-dessus l'angoisse, puisque les larmes sont toujours une persévérance.

« Toi, tu es jeune. Tu peux changer les choses pour nous. »

Changer les choses... Sa mère partie, son père mort depuis des années, K se retrouvait à présent toute seule. Elle n'avait plus que sa sœur, quelque part à l'est.

Dans le fond du cimetière, près de la grille, K aperçut une silhouette que maintenant elle connaissait bien. Elle ne distinguait pourtant que le chapeau de cet homme qui cachait le haut de son visage. Il s'approcha de la jeune femme, lui tendit une main qu'il serra avec force, puis se pencha vers K.

« Maintenant que nous n'avez plus votre mère, pensez à votre sœur. »

La trêve avait été de courte durée.

CHAPITRE 24

Cette fois-ci, comme l'avait annoncé l'Homme au chapeau, K aurait à se pencher sur une dernière période historique, mais surtout sur le point de vue qu'en apportait un ensemble de photographies prises lors du Maïdan. Jamais une œuvre n'avait été aussi récente : 2014. L'homme voulait tout invisibiliser jusqu'aux derniers événements. Il fallait jusqu'à présent réécrire l'Histoire, la sortir absolument du lit de sa rivière. À l'instar de Staline qui voulait détourner les fleuves, l'entreprise ici concernait un tout autre domaine, mais pour les mêmes raisons.

À Maïdan, quelque chose s'était joué, le peuple s'était rassemblé, de façon pacifique, pour protester contre un président sous influence qui se détournait de la volonté du peuple, désireux de se rapprocher de l'Europe. Ce que la population avait appelé « la révolution de la dignité » donnait tout son sens à l'origine du mot « démocratie » : « le pouvoir au peuple ». C'était bien cela qui s'était passé, avec une puissance que personne n'aurait pu prévoir.

Les gens s'étaient organisés ; sans qu'aucun chef soit désigné, ils s'étaient réunis par centaines, un peu comme ces cosaques qui se regroupaient par « *sontia* ». C'était la même chose à Maïdan. Un journaliste à l'époque s'était même demandé si les Ukrainiens avaient ça dans le sang, cette façon de s'unir et de faire face, sans chef et sans hiérarchie, chacun étant le membre d'un essaim inextricable.

K se remémorait les images de la télévision, cette pugnacité chez les manifestants, ce Rubicon qu'ils franchissaient au fil des jours. Ils clamaient que s'ils désertaient cette place à ce moment critique, jamais plus ils ne pourraient rêver d'être vraiment indépendants et maîtres de leur destin. Il y avait une force palpable qui crevait même l'écran, c'étaient des générations qui se battaient pour les suivantes, avec la puissance et la hargne qu'elles tiraient d'anciennes oppressions. Sur cette place, hommes inexpérimentés, militaires, femmes, garçons à l'allure de gavroche du XXIe siècle, mais aussi religieux de toutes confessions, ils formaient tous ensemble ce chœur, celui de la cité et du peuple, véritable Antigone qui ne cille ni ne ploie.

Fraîchement diplômée à cette époque, K venait tout juste d'emménager chez elle pour la première fois. Elle avait pris son premier poste près de la capitale Kyiv. Au départ, elle les avait suivis de loin, à la télévision, fascinée par leur détermination. Puis, poussée par Mila qui voulait prendre des photographies sur place, elle les avait rejoints. Elle se souvenait encore des pneus brûlés pour empêcher la police d'envahir la place et se protéger des tirs par des rideaux de fumée. Mila et elle s'étaient rapprochées à cette occasion. K avait admiré cette sœur, beaucoup moins sauvage qu'elle, avec cette férocité dans le corps, grimpant sans crainte barricades et gravats pour capter la bonne image.

Mila allait partout, K la retrouvait de loin, avec sa chevelure rousse qui semblait toujours prendre feu. Les deux sœurs avaient ri quand, après la promulgation d'une loi inique qui punissait le port d'un casque, tout le monde déambulait avec une passoire sur la tête. Les gens descendus dans la rue avaient gardé leur sens de la répartie, et le rire au creux de leur souffle. Sans doute tenaient-ils cela aussi des cosaques, que la fête pouvait être une réponse à l'absurdité.

Il se passait de nouveau quelque chose, comme lors de la Révolution orange, en 2004, dix ans auparavant. Depuis sa sortie du bloc soviétique et son indépendance en 1991, le pays souffrait encore de vieilles entraves qui mettaient du temps à se rompre. Son histoire n'était toujours pas un fleuve tranquille, mais l'avait-il été un jour ?

Durant ces mois, les manifestants avaient compris que la puissance d'une armée ne pouvait rien à la longue contre la détermination inextinguible d'un peuple, ivre de cette liberté qu'il avait goûtée lors de l'éclatement de l'URSS, et qu'il n'abandonnerait plus, si ce n'était par la mort.

Le 19 février 2014, au plus fort des affrontements entre la Berkut et les révolutionnaires, Mila avait été blessée au bras par un projectile, et les sœurs avaient dû quitter Kyiv. C'est à partir de ce jour que Mila avait senti quelle était vraiment sa vocation. Elle photographierait la petite histoire, celle que personne ne retient jamais, ces gens qui souriaient malgré la menace, cet enfant incrédule devant des uniformes qui brutalisaient des civils désarmés, ces prêtres toutes confessions confondues qui priaient, genoux au sol, alors que la police chargeait.

Chapitre 25

K se tenait devant son bureau, dans la sombre bibliothèque. L'enveloppe était cette fois-ci plus grande que les autres. En papier cartonné, elle s'ouvrait par des rubans noirs sur les côtés. L'archiviste en sortit une pile de photographies, les mains tremblantes. Parmi elles, une image qu'elle connaissait bien : elle était juste derrière Mila quand celle-ci l'avait prise. Ainsi lui faudrait-il détruire le travail de sa propre sœur. Cet inconnu était abject. Tout devait être piétiné.

K se ressaisit, elle essuya du coin de sa manche les larmes qui s'amoncelaient au bord de ses yeux. Elle se racla la gorge et se leva pour se servir un café. La chaleur lui fit du bien. La jeune femme resta un temps, au milieu des livres, à écouter le bruissement de ces pages muettes. Les ombres tout autour se plongeaient sans réserve dans les images de cette révolution. Désormais, Mila était le seul être qui lui restait, et cet inconnu lui demandait d'anéantir une part de cette sœur. K devait trouver une solution, sortir de ce dilemme.

Sous les yeux de K, une photo prise de nuit. Elle se souvenait du vent ce soir-là, du feu qui s'était levé plus haut que les autres soirs, certains avaient eu peur qu'il ne tourne et n'emporte leur camp de fortune au milieu de la place. Et soudain, au milieu de cette foule, un enfant s'était levé et avait gravi les sacs de sable à la hâte, atteignant un amas de pneus. Parvenu au sommet, la liesse l'avait pris et il avait brandi son poing comme le poète Chevtchenko, ses cheveux longs dansaient au vent.

K adorait cette photo, sa mère avait même encadré un tirage dans le salon. L'image avait fait le tour des médias. Une nouvelle fois, K fut saisie par les similitudes de cette prise avec le tableau de Delacroix, *La Liberté guidant le peuple*, qu'elle avait vu enfant dans un des livres d'art de sa mère. Cette ombre aux cheveux ébouriffés d'à peine douze ans, la tête en arrière, en signe de défi. Sans qu'il s'en doute, c'était lui qui montrait la voie aux plus âgés, c'était pour ce symbole de la jeunesse que les manifestants se battaient, pour les générations à venir.

Sur l'enveloppe, l'Homme au chapeau demandait à ce que K transforme cet espoir en figure monstrueuse.

Il s'agira, par retouches numériques, de retirer l'enfant de la photo de ce que vous autres appelez la révolution de la dignité. Cette figure enfantine verse trop dans le superbe dans le but de galvaniser les curieux.

Il y aurait désormais deux versions de cette photographie. Et tous les propagandistes du futur pourraient ainsi accuser la véritable image d'être un faux.

Maïdan était cette quête de liberté, ces visages tournés vers l'occident, avec dans leurs regards cette lumière qui semblait dire : « Nous ne plierons pas, nous sommes ici pour mourir. »

Cette fois, K se demanda où elle devrait puiser la force de métamorphoser la puissance et l'espoir de cet enfant.

Une des ombres descendit l'échelle qui menait aux étagères du haut. Elle était toute petite et ressemblait à la silhouette d'un enfant. Elle s'assit à côté de l'archiviste et balança ses pieds dans le vide. Elle posa une main sur celle de K.

« Hé, toi, qu'attends-tu ? On a besoin de toi ! »

K se retourna. Face à elle un garçon lui tendait un cocktail Molotov, des feux brûlaient derrière lui. Elle venait d'entrer tout droit dans les flammes de l'enfer.

CHAPITRE 26

C'était le garçon de la photo : des cheveux châtain foncé dans le cou, des mèches un peu plus claires, sans doute rehaussées par les flammes aux alentours, encadraient son visage.

« Tu viens ? »

Le petit, sans doute dans les douze ans, treize tout au plus, tant il semblait déjà grand et plein de vigueur, s'impatientait. K, émue et surprise qu'un être puisse la voir dans cette vision, le fixait sans rien dire. Peut-être, puisque cet enfant s'adressait à elle, pourrait-elle parler à sa sœur ?

Au loin résonnaient les cloches de Saint-Michel. Elle se souvenait : c'était la nuit du 13 décembre 2013, dont K retrouva cette fraternité si particulière. Le patriarche avait appelé les croyants et les non-croyants à se réfugier dans son monastère, normalement sanctuarisé contre la violence, afin de se soustraire à la Berkut. D'autres avaient continué de défendre les barricades. C'était là-bas que le petit voulait l'emmener.

« Quel est ton nom ?

— Je m'appelle Havrylo », répondit-il tout en marchant, concentré sur la mèche de son cocktail Molotov.

Son nom voulait dire : Gabriel, la force de Dieu.

K sourit. Il ressemblait si parfaitement aux enfants audacieux de Dickens, avec cette fougue dans les yeux qui n'appartient qu'à la jeunesse. Un temps, elle fut heureuse de pouvoir parler avec lui, tandis qu'ils avançaient au milieu des va-et-vient de la foule, vers la zone de contact avec la police. Les cloches résonnaient haut derrière eux.

La première fois que K était venue ici avec sa sœur, elle était restée dans son ombre. Elle n'était pas encore la femme que la guerre l'avait obligée à devenir. Cette incarnation prenait une forme de seconde chance.

Peut-être verrait-elle Mila ? Voire son propre double ? Son cœur accéléra à cette pensée. Elle prit une grande inspiration, puis entreprit de rejoindre cette jeunesse insatiable en haut des entassements de matières et de débris qui formaient une digue contre les véhicules de la police. Bientôt, Havrylo et elle furent au bas de l'édifice improvisé par les révolutionnaires. Il lui tendit un chalumeau pour enflammer son cocktail Molotov et en sortit un autre de son sac.

« Tu es prête ? Tu sais comment faire ? »

K fit non de la tête.

Sur le moment, tous deux avaient pensé avoir un répit pour manipuler les bouteilles et les tissus, s'expliquer sur la façon de s'y prendre. Mais tout à coup, on hurlait dans la nuit qu'un blindé chargeait la barricade. Autour, ce n'était plus qu'un unique mouvement de foule sur la chaussée, les manifestants n'étaient plus qu'un seul bras armé avec un millier de mains lançant des pavés, des bouts de bois, des objets détonants et artisanaux. K s'était ruée avec l'enfant sur la ligne de cette défense et vit le véhicule arriver à pleine vitesse sur leur muraille de fortune. Sans réfléchir, elle lâcha en arrière le cocktail et se mit devant Havrylo, l'enveloppant de son corps contre cet assaut brutal.

La violence de la collision les propulsa tous les deux en l'air, avec d'autres manifestants. Au choc de la réception, tout devint confus, mélangeant le ciel noir et le sol, son corps bousculé par ceux qui tentaient d'affronter ou de fuir. Un bruit strident vrillait dans ses oreilles, sans qu'elle puisse comprendre exactement d'où il venait. Elle resta ainsi quelques secondes, plusieurs personnes vinrent lui parler sans qu'elle soit en mesure de les entendre.

K ne cessait de prononcer le nom d'Havrylo, tout en le cherchant des yeux. Enfin, un homme encagoulé le montra du doigt, quelques mètres plus loin. L'enfant était sain et sauf. Elle se tourna finalement vers ce bruit qui insistait sur sa gauche et vit le véhicule qui avait éventré la barricade, une minute auparavant. Des hommes de la Berkut en jaillissaient, matraquant de pauvres gens qui tentaient de les repousser avec de simples portes d'appartement.

Elle ne se croyait pas blessée, mais K sentit des gens la prendre par les bras et les genoux, afin de la soulever jusqu'au poste de secours. Le jeune garçon la suivit.

Lui revenaient à présent les endroits où se réfugier, ceux où les convalescents attendaient d'être exfiltrés de la place Maïdan, d'autres qui étaient réservés à la détente et à la restauration. L'archiviste voyait à présent les choses plus clairement, cette organisation hétéroclite d'hommes, de femmes et de plus jeunes qui s'étaient retrouvés là pour combattre un retour en arrière. Certains étaient des militaires qui montraient aux autres comment se défendre, et peu à peu, sous la contrainte de la violence, comment manier une arme. Il y avait une entraide sans verticalité, sans chef, chacun apportait ses connaissances à l'autre. Havrylo avait voulu faire de même avec K, pour tout ce qu'il savait déjà du haut de ses douze ans.

« Comment es-tu arrivé ici ? Où sont tes parents ? »

Le garçon resserra son blouson aux nombreuses poches, l'épousseta en tapotant dessus, et s'éclaircit la voix.

« Ils sont morts tous les deux, lors d'une attaque de la Berkut. »

Le petit dévisageait K, il n'y avait en lui aucun défi, aucune tristesse non plus. Il racontait des faits sans se laisser aller à la douleur de la perte.

« Faut pas que j'y pense, faut que je continue de me battre pour eux, pour mon pays. Je me suis fait quelques amis ici, ils doivent être là où ça cogne. »

Il désignait un coin obscurci par une forêt de flammes.

C'est à ce moment-là qu'elle la vit. Elle était un peu plus en retrait et photographiait une autre scène, un homme qui lançait une bombe incendiaire, un foulard sur le nez.

« Mila ! »

Sous la surprise, K cria de toutes ses forces, continuant de regarder de ce côté. Le temps se troublait autour de cette chère silhouette : c'était sa sœur qu'elle voyait devant elle, qu'elle vienne du passé ou qu'elle soit l'actuelle n'importait pas. K se leva d'un bond, voulut la rejoindre. Mais Mila prit une dernière photo de cet homme et disparut dans la brume des pneus, avant que l'archiviste ne soit à portée de voix.

Comme elle aurait aimé à cet instant lui parler de leur mère, la serrer dans ses bras, sentir sa chaleur et son parfum citronné si caractéristique. Mais dans le tumulte des événements, sa jumelle n'avait pas réagi à ses appels. K la chercha entre les tentes et les personnes, la décrivant à ceux qu'elles croisaient, indiquant la direction vers laquelle sa sœur aurait pu s'en aller, mais ne la retrouva pas. Alors, K rebroussa chemin vers Havrylo : il lui criait des paroles qu'elle n'entendait pas.

Par mégarde, elle s'était dangereusement rapprochée de la zone où le combat faisait encore rage. Tout juste eut-elle le temps de voir un Berkut, debout sur quelque promontoire, la pointer de son fusil. Il fit feu.

K reparut dans la bibliothèque comme après une longue apnée : haletante et le cœur en cavale. Elle tenait entre ses doigts un appareil photo. Elle le connaissait si bien : on n'en faisait plus, des vieux argentiques de ce genre. C'était celui de sa sœur.

Avec délicatesse, elle ouvrit le compartiment où se logeait la pellicule. K la déposerait avec le reste des objets rapportés : elle pouvait modifier à loisir une reproduction de la photographie de sa sœur, puisqu'elle possédait maintenant le négatif.

Chapitre 27

Depuis le décès de sa mère, K ne quittait presque plus la bibliothèque, pour se consacrer exclusivement à la nécessité de récupérer sa sœur. Dans l'ancienne sacristie de l'abbatiale, qui lui servait en temps normal de pièce de repos, elle avait installé un matelas de fortune et y prenait aussi ses repas. C'est à peine si elle faisait l'aller-retour pour une toilette sommaire dans l'appartement. Elle y entrait avec la même délicatesse que dans un lieu sacré. Là-bas, le silence lui était devenu insupportable. Elle connaissait, depuis la disparition de son père, la culpabilité qui accompagne le deuil. Mais cette fois, en l'absence de Mila, la solitude trop nette de ces pièces prenait une singulière autorité.

Pour plus de sûreté, elle avait monté au grenier les différents objets rapportés de ses voyages. S'ils n'avaient pas réussi à sauver sa mère, au moins attendraient-ils Mila vivante. Quelqu'un pouvait bien entrer dans cette pièce, il ne pourrait distinguer ce qui appartenait au patrimoine familial de ceux qui avaient une valeur nationale. Seules Mila et elle, qui avaient en tête leurs histoires personnelles, pouvaient les discerner. K en était sûre, sa sœur saurait reconnaître les objets qui se plaçaient au-delà du cercle intime, après sa libération. Avec sa soif de justice, elle saurait ce qu'il faudrait en faire.

Après avoir passé des mois à remanier les photographies, après avoir achevé ces modifications qu'on allait abondamment diffuser pour noyer les versions originales, elle découvrit au saut du lit une nouvelle enveloppe. Celle-ci était assez grande, de la forme d'un carton à dessins. K n'était plus désormais cette femme tremblante face à l'esprit malsain qui commandait désormais son travail, quelque chose s'était métamorphosé en elle. Sans qu'elle puisse déterminer consciemment ce qui avait changé, ces multiples rêves la conduisaient sur des chemins intérieurs qu'elle n'avait jamais empruntés jusqu'alors. À son bureau, K dénoua les rubans gris qui fermaient la pochette verte et noire. Dans un coin, derrière le bureau, de nombreuses œuvres séchait, des tableaux que l'Homme au chapeau avait récemment exigé de soumettre aux mêmes procédés, attendaient d'être descendus là où K les entreposait tous.

K soupira, le cœur serré, déjà tournée vers ce qu'elle allait découvrir. Elle ouvrit la pochette, des couleurs jaillirent de droite et de gauche, l'enveloppèrent. Autour d'elle, sans qu'elle puisse les distinguer, les ombres grandissaient, murmuraient des plaintes qu'elle percevait de mieux en mieux à présent, comme un chant qui avait toujours fait partie d'elle, et qui lui revenait peu à peu en mémoire.

Cette fois-ci, il s'agissait de l'artiste-peintre Maria Primatchenko, aisément reconnaissable à ses toiles naïves.

Il s'agira de faire croire que ces toiles sont définitivement celles d'une enfant : de simples gribouillis que personne ne regarde, sinon avec une condescendance amusée.

K s'étonna de retrouver là cette artiste, parmi les œuvres prétendument coupables qu'il lui fallait remanier. À l'ère soviétique, cette femme avait été reléguée parmi les artistes populaires : une façon radicale de la mettre de côté, de la déclasser et de l'exclure de ceux qui pouvaient participer à la gloire de l'URSS. Ses toiles ne possédaient en rien les lignes fortes et régulières, les thèmes d'un art dédié à une propagande ; elles lançaient des appels vers la nature, montraient l'innocence de sa concorde et dévoilaient par des symboles toutes les existences dont les hommes perdaient le fil. Accentuer le trait, mettre des couleurs, montrer un univers stable quand la réalité, sous l'ère soviétique, n'était que pensées belliqueuses et démantèlement des manières d'être : cette vision du monde l'avait exclue définitivement des Académies. Mais qu'importe, Maria Primatchenko avait poursuivi son art, à sa façon. N'était-ce pas cela, d'ailleurs ? L'art n'était-il pas un jaillissement, le flot d'un bouillonnement personnel ?

C'était l'artiste préférée de sa mère. Elle racontait souvent l'histoire de cette peintre : atteinte de poliomyélite quand elle était encore une enfant, Maria Primatchenko avait grandi en marge de la vie, dans l'ombre des jeunes filles qui jouaient à la marelle. Tandis que les autres étaient dans l'action, projetées vers un avenir qui se traçait sous leurs pas, sans la menace d'une épée au-dessus de l'échine, Maria, elle, avait reçu cette épée, cohabitait avec ses piques et les souffrances qu'elle provoque. La maladie lui avait appris l'immobilité et l'attente de ce qui ne vient pas.

Dans son lit, elle s'était mise à observer le monde, à regarder par la fenêtre s'approcher et s'éloigner des promeneurs, contrainte d'accepter que pour elle il ne se passerait rien. Le monde, lui, ne cessait d'aller de l'avant, de passer à côté d'elle. La petite fille sentait son corps comme un millefeuille de vitres impossibles à briser. Tout s'était pourtant agencé dans ces moments, tout s'était préparé dans ces vides où Maria regardait le plafond de sa chambre, inerte et pensive.

Un jour exactement comme les autres, elle avait compris qu'elle attendait quelque chose, d'une attente sans espoir qui allait cependant subvenir à tout. C'est alors qu'elle avait pu donner à ce monde le jeu d'autres couleurs, le tordre et le dessiner sous l'aspect du rêve, et des formes baroques, le maintenir dans sa propre enfance naïve : être figée et fragile lui avait permis de rêver toujours et de rejoindre d'autres réalités.

Face à sa toile, K était déjà ailleurs. Sur son visage, les couleurs fortes se reflétaient sous la tension des lampes, offraient un kaléidoscope changeant, comme si ces teintes étaient vivantes. Derrière elle, frôlant ses cheveux, se tenait une ombre plus évanescente que les autres, presque transparente.

CHAPITRE 28

« C'est tombé hier, Maria, le parti t'a cataloguée parmi les artistes naïfs ! »

La peintre posa son pinceau, l'intérieur des mains aussi coloré que la toile qu'elle laissa reposer. Elle regarda Oksana, la fille de son amie : l'adolescente avait encore le nez dans le journal, parcourant les lignes de l'article qui était consacré à l'artiste, tordant légèrement sa bouche sous l'effet de la contrariété.

Sur les murs blanchis à la chaux étaient représentés différents motifs aux formes géométriques : une échelle blanche, des triangles, des sortes de bâtons qui se terminaient par des branches, des roues à picots.

« Ils ne font que répéter ce qu'ils ont déjà dit il y a plusieurs années. Tu devrais mettre ce torchon au poêle. Ce n'est pas demain qu'ils comprendront quelque chose à l'art. Ça n'a jamais été une ambition chez eux », fit l'artiste avec un sourire.

Ses douleurs la tenaillaient toujours, mais, de façon étonnante, jamais quand elle peignait. Elle avait alors un visage serein, captivé par les figures qu'elle traçait.

« Pourquoi s'acharnent-ils sur toi ainsi ?

— Parce qu'ils ont peur des choses simples. Et des vieilles dames qui ne sentent plus leurs jambes », répondit Maria sur un clin d'œil.

Elles rirent toutes les deux à cette malice pleine d'autodérision. Durant quelques secondes, la gaîté parfuma la pièce d'arômes de peinture.

« Raconte-moi encore d'où te vient ton inspiration.

— Des rêves, ma douce. Quand je me lève, je sais ce que je vais pouvoir peindre dans la journée. Je n'ai plus qu'à laisser aller le pinceau sur ma toile et elle se remplit d'elle-même. J'ai presque honte à le dire : c'est une chose qui semble se faire sans moi, à partir de la main.

— Pourquoi choisir de telles couleurs, si vives ? »

La jeune fille était toujours curieuse.

« Parce que ce sont celles que m'inspire la nature. J'ai dû très longtemps la regarder pour lui découvrir ce visage. Il n'y a qu'ici, dans notre village, que je me sens de la peindre. Quand mes toiles ont été exposées en France, qu'on a appris que certaines avaient fasciné Picasso, les gens du coin m'ont dit que je les quitterais bientôt, que j'irais en France, où je pourrais devenir célèbre. Ils ne pouvaient pas savoir qu'un lieu est parfois inséparable de l'artiste. Par l'horizon, par les couleurs qui flottent et s'écoulent avec la courbe du soleil. Par tout cela, je suis tenue. Si je pars, je ne pourrai plus peindre. »

Oksana regarda à l'extérieur. De la buée s'était formée sur la fenêtre, et le paysage était pris dans un halo de brume, rendant la réalité onirique. À côté d'elle se trouvait un panier en osier rempli d'œufs peints. Chaque année, c'était le même rituel : Maria les évidait puis les colorait avant de les décorer. La jeune fille était toujours fourrée chez l'artiste durant ces jours qui préparaient les Pâques.

« Dans l'article, ils disent que tu reprends les motifs des *pysanky*. »

La jeune fille se leva, passa près du poêle d'où sortait une douce chaleur, y jeta le journal et rapporta la corbeille. Elle sortit un œuf sur lequel était représenté un arbre.

« C'est mon préféré ! s'exclama Maria. Il s'agit de l'arbre de vie. Tu sais, on prête aux œufs de forts pouvoirs, ce sont comme des talismans, ils protègent la maison et ses occupants. Sa forme ronde ne te rappelle pas un autre cercle ?

— Si, le soleil ! s'extasia Oksana, en montrant du doigt l'astre caché par les nuages, aux rayons encore faibles en ce mois de février.

— Cet œuf possède en lui une certaine forme de magie. Grâce à ces symboles dessinés qui incarnent la vie, il permet au soleil de devenir plus lumineux. Ce n'est pas un hasard si on chasse les œufs à Pâques, lorsque le soleil brille à nouveau. C'est une célébration de la nature renaissante qui tourne le dos à l'hiver. Mon art ne fait qu'imiter ce que les païens avaient compris depuis les origines. Je n'ai rien inventé ! » continua Maria en levant les deux mains en l'air.

Elle prit à son tour un œuf qui représentait un cerf. Ses bois portaient le soleil.

« Alors, vois-tu, que des Académiciens classent ma peinture comme un art mineur, cela me fait sourire et ne m'atteint pas : il faut savoir dépasser les apparences. Derrière ma naïveté, c'est la vie que je loue. Pour les Soviétiques, seul le réalisme socialiste a sa place : reproduire avec exactitude le réel est pour ces hommes le seul horizon valable, mais ils n'ont pas compris que mon art très fictionnel représente des forces que ce courant artistique et officiel ne parvient pas à saisir. Après tout, le comprendraient-ils qu'ils n'en voudraient toujours pas ! À leurs yeux, l'imaginaire est dangereux, car il peut conduire à un autre monde, une autre réalité qui échapperait alors au pouvoir. Ne dit-on pas que le potentiel d'un esprit est infini ?

— Tout de même, cela t'éloigne des autres artistes, tu ne peux pas discuter avec eux !

— Je suis seule en effet, mais je t'ai toi, et ta mère. Je n'ai besoin que de la nature pour mon travail et non de conversations avec mes confrères. Je ne fais pas un art savant, je ressens tout. »

Puis, après un temps de réflexion :

« L'œuf peint, la *pysanka*, ça tire son origine de *pysanti* : écrire. J'écris le monde, voilà ! Cela me vient en te parlant !

— Comme ces tombeaux que tu peins depuis la mort de ton mari ? »

La peintre fixa la jeune fille sans mot dire.

L'adolescente n'était pas encore tout à fait sortie de cette période candide qui parfois se rapproche d'une certaine cruauté, sans en avoir conscience. Les fameuses vérités de l'enfant.

Le mari de Maria avait disparu au combat, durant la Seconde Guerre mondiale. Personne n'avait retrouvé son corps.

Maria se leva, se servit un café et revint, la tasse fumante entre ses mains :

« C'est la seule manière que j'ai trouvée pour pouvoir faire mon deuil : matérialiser sa mort par ce qui la cache, c'est la fonction des tombes. L'art permet ça : faire parler ses fantômes derrière un voile. Et la terre, celle qui les accueille, nous guide. On en revient au point de départ, tu vois !

— La nature ? Celle qui cherche à reprendre ses droits autour de Tchornobyl ? »

Maria acquiesça :

« Elle reprendra ses droits. Mais ce temps sera long. À l'image de l'art naïf qui un jour sera compris par les hommes. Mais tant qu'ils ne comprendront pas que la nature les appelle, témoigne des désastres, il faudra que des artistes comme moi s'obstinent dans leur tâche. C'est devenu vital, et plus les années passeront, plus il faudra entendre cette nature. »

Au moment où Maria terminait son café, la porte s'ouvrit. Dans l'embrasure, la silhouette de la maman d'Oksana se détacha. Il était temps que la jeune fille rentre chez elle. Les deux femmes se levèrent et franchirent le seuil de la porte. Elles se quittèrent sur un léger signe de main. Oksana reviendrait avec ses questions. L'heure était venue pour Maria de retrouver la nature.

Chapitre 29

K se retrouva devant la toile de Primatchenko, l'œil se rouvrant sur ces œufs gigantesques et décorés. Des souvenirs très clairs répondirent à cette vision de l'artiste, ceux d'une époque plus personnelle. Durant le dimanche de Pâques, Mila, sa mère et elle descendaient au jardin de l'immeuble retrouver les autres familles. À cette période, dans l'hiver finissant, la température ne dépassait jamais les dix degrés, mais déjà la nature prenait des tons plus doux, verdissants, elle quittait les matins gelés pour offrir les premiers plaisirs du soleil. Les deux jumelles avaient laissé les gants et les écharpes dans le placard, l'heure était à la fête et aux jeux : les adultes avaient dissimulé des œufs avec une ingéniosité indulgente et il fallait les découvrir. K se souvenait de l'herbe encore fraîche, de la joie à trouver certaines cachettes, de la déception quand elle soulevait de grandes feuilles ou des pots suspects sans y découvrir de chocolats. Tous les petits criaient, couraient dans tous les sens, désireux et curieux d'amasser le plus grand trésor de gourmandise.

Les yeux de K passèrent de la toile de Primatchenko aux détails fournis sur les modifications à effectuer. Quelque chose était là, sous ses yeux. Elle resta concentrée, les yeux fixant différentes parties du tableau. Les couleurs très vives, les motifs presque fantasmagoriques lui firent penser à ces enluminures qu'elle avait étudiées à l'université. Elle ferma les yeux. Elle avait la même sensation que ce soir-là, en rentrant du travail, lorsqu'un caillou qu'elle avait fait rouler du pied s'était logé dans un tuyau, disparaissant à sa vue. Une solution se tenait là. Soudain, elle se remémora ce professeur, adulé de ses pairs et de ses étudiants. Pourtant, l'intitulé de son cours n'était guère engageant : « Le manuscrit médiéval ».

« Ce soir, je vais vous montrer ce que sont les *marginalia* ! Approchez ! »

Les étudiants étaient montés sur l'estrade et s'étaient groupés autour de lui.

« Que chacun couvre sa bouche d'un tissu. Le premier ou la première qui postillonne là-dessus devra ranger mon bureau ! »

Il avait enfilé des gants et plongé ses mains dans un bocal pour en ressortir deux pinces garnies de coton sur leurs mâchoires. Par des gestes mesurés, il ouvrit grâce à cette paire d'instruments un magnifique ouvrage. Certains n'avaient pu retenir un petit cri enthousiaste sous le col de leur chemise. Le livre était en latin, mais c'était autre chose qui intéressait le vieux professeur : il pointait les marges de son index, remplies d'animaux fantasques.

« Pour se délasser un peu, pour se consoler du labeur, mais aussi dans le but de passer le temps

— comme vous trois, tout à l'heure ! — les copistes truffaient les manuscrits de dessins tous plus imaginatifs les uns que les autres. Ça nous donne de belles chimères, mais aussi des diablotins complètement délurés. Parfois aussi, on trouve des messages cachés, envoyés de copiste à copiste. C'est tout un réseau de significations souterraines qui s'offre à nous. »

Il tournait les pages, dévoilant des créations parfois énigmatiques, comme cet homme, vraisemblablement un roi, se faisant poignarder par un monstre gris qui lui apparaissait sous les traits d'une gargouille. Sur une autre page, un lapin chevauchait un escargot à tête humaine, sur une autre une femme tentait de rattraper un homme, avec des airs de condamné à mort, qui venait de tomber d'une falaise. Les étudiants s'étaient amusés de toutes ces trouvailles de l'imaginaire et n'avaient pas vu passer les heures.

Quand elle avait intégré cette bibliothèque, K avait aussitôt fureté dans les rayons médiévaux et trouvé avec délice ces mêmes *marginalia*, aussi cocasses que les bandes dessinées comiques actuelles. L'ancien archiviste lui avait même montré, à l'aide d'un escabeau, un petit diable de pierre dissimulé dans une niche invisible depuis le sol, et qui se logeait à l'intérieur de l'une des voûtes de la bibliothèque, car les espiègleries des artistes ne s'arrêtaient pas aux manuscrits.

« Un clin d'œil d'architecte ou d'artisan ! Je ne vous montre que celui-ci, j'en ai trouvé un autre. À vous de me dépasser ! Je suis certain qu'il y en a plus encore, cachés autour de nous ! »

La joie et le jeu colonisaient les œuvres depuis des lustres, les artistes étaient ces êtres qui déjouaient les exigences de leurs commanditaires, trouvant toujours assez de liberté entre les mailles des contraintes pour leur faire un pied de nez sans qu'ils le sachent. La solution était là ! Comment n'y avait-elle donc pas songé plus tôt ? L'Homme au chapeau ne voulait-il pas faire de K une nouvelle artiste ? Une falsificatrice-créatrice d'œuvres selon son bon vouloir. K se placerait dans cette tradition malicieuse d'artistes qui répondent à la commande, sans toutefois s'oublier.

Mais bien sûr ! Ne l'avait-elle pas déjà fait, inconsciemment, avec le visage de sa sœur, déguisé par le tissu et l'aigle bicéphale, sur le vitrail d'Alla Horska ?

Elle descendit aussi vite qu'elle le put les marches de l'escalier menant dans la pièce où elle entreposait les différents travaux. La fraîcheur lui fit du bien, cette nouvelle idée l'enthousiasmait tellement qu'elle avait soudain eu chaud. Elle eut un regard circulaire et passa en revue les différentes œuvres déjà travaillées. Dans chacune, elle insérerait, au fil des jours, et seulement pour l'œil initié, un symbole de son peuple. Comme ces chrétiens persécutés par les Romains qui avaient pu se retrouver clandestinement grâce au signe du poisson dessiné sur les murs des cités où existait une communauté des leurs. Un acronyme s'y cachait sous les regards soupçonneux du préfet et du magistrat : ΙΧΘΥΣ dont les initiales voulaient dire « Ἰησοῦς Χριστός, Θεοῦ Υἱός, Σωτήρ » ce qui signifiait « Jésus-Christ, Fils de Dieu, Sauveur ».

Dans la bibliothèque, K sentait enfin une consolation à tout ce qu'elle avait fait. Elle sautillait presque de gaîté en regagnant son bureau. Voilà de quoi, se disait-elle, continuer généreusement dans son sens et récupérer sa chère sœur. Les ombres autour d'elle devinrent elles aussi des feux follets, se prenaient l'une dans les bras de l'autre : l'archiviste avait enfin trouvé une parade, un moyen de limiter la défiguration à la seule altération de l'apparence, et cela en respectant un procédé artistique. Les œuvres des artistes conserveraient leur véritable sens, toujours derrière l'insulte d'une nécessité politique. Soulagée par cette idée, K prit enfin le temps de desserrer les lacets de sa chaussure droite, regarda à l'intérieur et sortit le minuscule caillou qui s'était planté dans le cuir de sa semelle. Il tomba au sol et se mélangea au dallage gris, se soustrayant au regard de K.

Chapitre 30

Cela faisait quinze jours que K faisait des allers-retours dans les galeries, au sous-sol. Elle y amendait les réalisations artistiques qu'elle avait modifiées et réfléchissait à une façon de faire passer un message, à l'instar des chrétiens, des moines copistes ou des tailleurs de pierre. Elle prenait bien soin de veiller à l'absence de l'Homme au chapeau, surtout que ses semelles pouvaient ne faire aucun bruit : K était tout particulièrement attentive aux jeux de lumière dans l'abbatiale, que la moindre présence pouvait déranger. Elle connaissait les souterrains mieux que personne.

Pourtant, elle n'était jamais vraiment seule dans ces couloirs sans fin. Les ombres l'accompagnaient, guidaient sa main pour parfaire son projet. Sur le dessin d'étude et le vitrail refaits à la manière d'Alla Horska, tout était déjà en place ; sur d'autres ouvrages, il fallait aller plus loin. À l'encre sympathique, elle avait dessiné sur toutes les pages modifiées un *trézub*, symbole de son pays ; celui-ci ne se révélerait qu'à proximité d'une source de chaleur, comme la flamme d'une bougie. Les techniques allaient des plus artisanales aux plus sophistiquées, mais sur un tableau de Maria Primatchenko, K avait inscrit un message sur le crâne d'un personnage de la composition. Elle avait ensuite pris soin d'ajouter des cheveux, exactement à la manière de l'artiste, à cet homme chauve.

Travaillant dans cet esprit, avec des peintures et des matières qu'elle savait sans agressivité pour les pigments originels, facilement retirables par un restaurateur d'art et ne présentant aucune conséquence sur l'aspect initial, elle reproduisait le procédé sur plusieurs dizaines de toiles, variant les occasions et les messages, ainsi que l'astuce de leur dissimulation.

Au bout de longues journées, l'archiviste était parvenue à laisser sur chacun des tableaux une ambiguïté discrète et volontaire, grâce à laquelle les amoureux de cette culture remarqueraient, à force d'attention, que certaines formes n'étaient que des ombres qui attendaient là, sans se faire connaître, qu'un soleil plus brillant les perce. Une confiance nouvelle réchauffait son cœur, elle savait qu'on radiographiait les peintures pour comprendre leur histoire. Un jour, les spécialistes éventeraient les lourds secrets qui s'allongeaient là, sous la couleur.

Sur la partition de l'hymne, la méthode avait été plus difficile à réaliser : à la fin des paroles et des portées, comme elle avait dû ajouter des mots, K avait fait correspondre chaque note à une lettre : l'ensemble de la ligne greffée au reste formait en transparence un message disant que l'Ukraine ne mourrait pas.

K s'amusait de ces codages, cela détournait ses pensées de son deuil et de Mila, elle avait même trouvé un sens miraculeux à ce qu'elle effectuait quotidiennement. La jeune femme s'imaginait sa mère, au-dessus de son épaule, heureuse de cette duperie, elle qui aimait tant plaisanter. L'archiviste ne voyait plus le temps passer, à détricoter les œuvres le jour pour les retricoter la nuit.

Vint le jour où l'Homme au chapeau lui demanda de travailler sur un ensemble de romans dans lesquels il fallait effacer les allusions aux séparations politiques et culturelles entre les deux pays. Parmi ces textes, l'un était mondialement connu : *Les Âmes mortes* de Gogol. Sa tâche consistait cette fois à enlever toute la satire et l'ironie à l'encontre de l'Empire russe et des mœurs régnantes. L'entreprise était colossale et anéantissait au passage tout l'intérêt de ces écrits.

Cet homme voulait opérer selon les méthodes de diffusion déjà utilisées pour les documents historiques sur Tchornobyl et l'Holodomor. C'est-à-dire que, sous un faux prétexte de générosité culturelle, on distribuerait massivement les œuvres remaniées à travers les territoires conquis et on donnerait la chasse aux exemplaires véritables, voire on proposerait tout simplement à la population extrêmement appauvrie de les lui troquer contre de la nourriture.

Tout en rectifiant certaines lignes, K réfléchissait aussi à ce que serait la seconde phase. Elle décida de jouer avec la maquette et la mise en page, mais aussi de remanier la ponctuation, afin que la dernière majuscule de chaque paragraphe forme, à travers chaque livre, un court texte expliquant l'imposture de l'exemplaire en question.

Les nuits se succédaient, et elles n'étaient jamais assez longues pour l'ampleur du travail à abattre. Mais quelque chose la gagnait, une force, un élan qui semblait se poursuivre et s'intensifier comme une habitude nouvelle. De façon étrange, il n'y avait plus de résignation mais de l'espérance, plus de peur mais un désir d'affrontement. K aidait son pays avec ses armes, loin du front, mais pour les générations futures, elle faisait en sorte que la bataille culturelle ne soit jamais perdue, que la guérilla du détail l'emporte à terme sur la trahison des formes plus imposantes. À chaque époque, il y aurait quelqu'un pour reprendre, si fiable et si vacillante soit-elle, la flamme allumée par les anciens.

Au bout de quelques semaines, elle parvint au chef-d'œuvre du lot, et à son trafic d'âmes mortes. K se demandait ce qui constituait pour chacun l'attachement à un pays, si ce n'était pas ce legs des personnes décédées qui portent les suivantes et les animent de leur souffle souterrain.

Et Gogol, qu'avait-il laissé ? Était-ce son héritage qu'il fallait regarder, ou bien ses œuvres en creux, celles qu'il n'avait pas publiées, celles qu'il avait détruites par le feu ?

Dans les livres parus de cet auteur, on pouvait déjà y voir le fil rouge de son amour de la terre, une nature généreuse où le folklore baignait les pages de descriptions à la beauté arcadienne, loin de la satire qu'il pouvait déployer ailleurs, dans sa vision d'une société hypocrite et mercantile.

K se souvenait de sa lecture d'une lettre qu'il avait adressée à un de ses amis. Elle se leva de son bureau, plongea dans les allées de la bibliothèque, les ombres derrière elle, comme un sillage vers les profondeurs historiques.

Enfin, K sortit d'un rayonnage la correspondance de l'auteur qu'elle avait en tête. Le hasard voulut que le volume s'ouvre sur la bonne page. La missive était datée du 9 novembre 1833, adressée à son ami Maximovitch. La jeune femme parcourut le texte en diagonale jusqu'à se rendre à la ligne souhaitée qui résumait toute la fougue de Gogol au moment d'écrire cette lettre. Les mots sont des biens impérissables, tout s'enchaîne avec eux, comme à leur premier jour :

Il me semble que je rédigerai une histoire de notre unique et pauvre Ukraine, au nom de tout ce que nous sommes, au nom de notre Ukraine, au nom des tombes de nos Pères.

À cette mention de l'aventure tragique de l'Ukraine, son menton tressaillit. Les ombres s'étaient accumulées dans la coursive où l'archiviste se tenait debout, le recueil entre ses mains. Elle poursuivit sa lecture, des picotements descendant de son crâne jusqu'à ses lèvres :

Je serai en mesure de faire une œuvre exceptionnelle, je dirai beaucoup de choses qui n'ont pas encore été dites.

Sitôt la dernière phrase lue, l'esprit de K s'incarna dans une pièce qu'elle n'avait jamais connue, pleine de boiseries et d'innombrables petits objets. Face à elle, un petit corps penché sur un poêle en attisait le feu.

CHAPITRE 31

« Nul, nul, nul ! » hurlait Mykola Gogol.

Les flammes dansaient de façon désordonnée, lançaient des ombres sur le haut de son visage, enfonçant les yeux dans leurs orbites jusqu'à les faire disparaître. Assis sur une chaise à trois pieds, l'écrivain regardait le brasier avec découragement et colère. À la main, quelques pages qu'il relisait avant de les rouler en boule et de les jeter dans le feu.

L'écrivain monologuait, sans détacher son regard de cette lumière dévorante :

« Je n'y arriverai jamais ! Ah ça, je sais parler de la turpitude de l'être, de l'agonie des âmes vouées à se corrompre au dieu du commerce, je sais décrire l'infamie qu'est la servitude, décrire cette société gangrenée par les passions hypocrites et avaricieuses, cette mesquinerie qui touche aussi la paysannerie, je l'ai bien en main ! Mais parler des belles choses, de cette terre que je veux restituer dans la page, impossible ! »

L'homme à présent s'était levé et, d'un mouvement rageur, avait frappé une pile de livres à proximité du fauteuil. À l'extérieur, dans les rues de la ville, des bourrasques de neige se heurtaient aux carreaux, s'y collaient en prenant des teintes rouges, puis coulaient en rigole, à la première éclaircie, pour s'échouer sur le rebord de la fenêtre. Mykola les fixait sans les voir.

Depuis toujours, il s'était promis d'écrire un livre sur l'Ukraine, sur ce pays qui avait porté ses premiers pas, où il avait vécu ses premières amours, ses premiers écrits aussi. Parti depuis à Paris, il déambulait dans l'exiguïté de la capitale et les malédictions de la misère, passait de rue en rue sans pouvoir accrocher son regard ailleurs que sur ses propres pensées. La sauvagerie et le plateau des steppes lui manquaient affreusement, surtout quand les frimas s'éternisaient et allongeaient les nuits.

L'écrivain ne réussissait aucun texte, même court, glorifiant cette nature qui lui manquait tant. Dans ce petit meublé à la vue barrée par d'autres immeubles, la rêverie et l'évasion de l'esprit ne démarraient jamais leur course, autre malédiction de cette ville étouffée : il n'y avait qu'un lacis de rues impénétrables pour l'esprit, là où il aurait préféré les blés de sa terre ondoyant sous les assauts du vent. Il avait gardé sur sa table un bouquet de tournesols séchés, maigre touche de couleurs entre ces murs d'un appartement blanchi à la chaux. Sa mère le lui avait donné lors de son départ :

« Kolia ! Tu ne peux pas partir sans notre soleil ! »

Il connaissait parfaitement ce mythe : le tournesol était cette fleur tombée sur leur terre, c'était là que le dieu du Soleil avait choisi de semer ses graines. Depuis, chaque jour, la fleur suivait sa course, par fascination pour ce qui l'avait fait naître, puis elle se fermait à l'approche de la nuit.

« Fais pareil, mon fils, tourne ton regard vers les tiens, c'est là qu'est la lumière, ne l'oublie pas. »

Depuis, la teinte des fleurs avait perdu de sa superbe. Chaque matin, Mykola passait néanmoins devant le bouquet, et il lui suffisait de le voir pour se rappeler les fins d'été à jouer à cache-cache dans les champs, pour susciter chez lui cette envie d'en dire plus et de tourner sa littérature vers l'est.

En réalité, l'écrivain mourait à petit feu, comme son brasier qui s'étouffait dans le poêle de toutes les cendres de papier. Malade, dépressif, il s'acharnait à écrire des textes pour se consoler ; mais, perfectionniste, il les détruisait tous avant de les avoir fait lire. Plus personne n'avait ce droit, de toute façon. Depuis la mort de Pouchkine, nul ne trouvait grâce à ses yeux. Il s'engluait dans ses tentatives, pensait quelquefois à son ami disparu, tournait presque de l'œil quand il se remémorait les bons moments et leur franche camaraderie. Il restait seul en son monde, et que pouvait-il savoir ou juger de son œuvre ? Ne lui fallait-il pas un tendre mais lucide regard extérieur ? Un regard fraternel ? Celui d'Alexandre Pouchkine.

Chaque soir, dans cette chambre sous les toits, le temps passait à reculons. Gogol avait fui Saint-Pétersbourg, car personne n'y saisissait le message de ses livres. Dans l'espoir d'être mieux compris, il avait fait le voyage jusqu'en France, se souvenant néanmoins de la recommandation de sa mère, d'être tourné vers le soleil de son berceau. Mais loin des siens, l'artiste s'était replié sur lui-même, la nuit était permanente, et l'écriture était devenue une fenêtre capricieuse, qui ne donnait pas toujours sur les paysages et les personnes de sa terre natale. Ce ne fut qu'à ce moment-là qu'il avait compris que l'inspiration avait besoin de la proximité de son sujet.

Ce soir-là, dans la petite pièce lourde de livres et de bibelots, Gogol eut l'impression que quelqu'un le regardait, une ombre dans un coin, ou derrière le paravent, une respiration qu'il ne reconnaissait pas tout à fait.

« C'est toi, mon ami ? Tu es venu me voir ? »

Il tournait les yeux de chaque côté de la pièce sans rien déceler, le visage et l'esprit prêts à croire l'impossible.

« Oh, mon ami... Si c'est toi, je veux te confier ma peine ! Je me suis lancé dans une entreprise dont je ne mesurais pas l'envergure. Cette Ukraine que je veux peindre, ces images qui la font vivre dans ma tête, ces sensations que je croyais porter en moi et que je n'éprouve plus ici, j'essaie chaque soir de les retrouver et de les coucher en mots, mais le résultat n'est jamais à la hauteur ! Ma prose est ridicule, indigne de son objet ! Comment réduire ma patrie à quelques mots, elle, la changeante, l'ambiguë, comment mettre sur le papier ses coquelicots, ses cosaques dont chaque geste porte la liberté, comment dire l'étendue de ses jaunes, de ses dorés, sous un ciel sans nuage, et ses steppes que le soleil arrose ? Chaque soir je m'y remets, chaque soir le poêle doit réchauffer mon cœur qui se glace devant ces phrases pas assez justes. Pour terminer, chaque matin, mes mains restent vides, ma vie tourne comme ce manège en bois en bas de ma fenêtre : sans personne, sans rien. Tu es là ? C'est bien à toi que je parle, mon ami ? »

L'artiste paraissait perdu, sa bouche se tordait sous la peine. Mykola se rassit, prit sa tête entre ses mains et poursuivit :

« Et que vont penser les autres ? Ceux qui attendent mes manuscrits, ces amis que j'ai mis dans la confidence et me prient de leur faire lire ce grand projet... Que je ne peux pas écrire sur l'Ukraine ? Que je m'en détourne ? Que je l'abandonne ? Que je ne suis qu'un pleutre qui a fui sa terre et la répudie une seconde fois car je n'arrive pas à écrire sur elle ? Et plus tard, dans un siècle ! Que restera-t-il de moi ? Mes œuvres qui le plus souvent vantent un Empire russe et se moquent gentiment de ses insuffisances ? Est-ce là tout ? Qui pourra rétablir la vérité, et comprendre qu'il est bien plus difficile d'écrire sur un sujet qui nous tient à cœur que sur tous les autres ? Que la force exercée par un tel amour peut aussi être une pétrification pour son auteur ! »

Il pleurait à présent.

« Combien de temps me reste-t-il pour faire ce livre ? »

Dans le poêle, le brasier s'éteignait doucement. Bientôt, il ne resta plus qu'une silhouette courbée sur elle-même ; même la neige sur le carreau semblait plus sombre.

L'archiviste se retira de la pièce, laissant l'auteur avec ses propres fantômes.

Chapitre 32

Qu'est-ce que tout ceci signifiait ? K avait une nouvelle fois parcouru les époques, transcendé la continuité du temps, et s'était retrouvée en présence du maître Mykola Gogol ! Combien auraient aimé vivre cette scène inoubliable ? K s'assit par terre, l'émotion lui fit lâcher le recueil de lettres. L'archiviste était en possession d'un cri du cœur de l'artiste que personne n'avait jamais pu entendre. Comme à chaque fois, un moment inaccessible lui avait été montré pour qu'elle en fasse usage. La jeune femme cherchait quelle dissimulation elle pourrait en faire, quand elle sentit la présence de l'Homme au chapeau dans son dos : il ne fallait rien laisser paraître.

Elle se retourna avec un sourire forcé, mais n'aperçut personne. Seules les ombres s'étaient regroupées. L'archiviste remarqua qu'autour d'elle, la bibliothèque se brouillait comme si elle était apparue derrière une surface liquide. Les ombres prenaient plus de formes et d'épaisseurs, elles se tenaient à la limite du visible. Les voyages de K les rendaient, à chaque retour, plus hardies : désormais, leur substance diaphane apparaissait.

Elle se mit au travail et coda, de la même façon que pour tous les autres livres, *Les Âmes mortes*. Mais K voulait changer l'avertissement contre la mystification, générique dans les autres textes. Elle reproduisit le plus fidèlement possible le crève-cœur qu'elle avait entendu de l'écrivain, près du poêle.

CHAPITRE 33

Ivre de ces rencontres, K voulut immédiatement prendre une autre enveloppe et découvrir quel artiste ou événement prendrait la suite. Quand elle vit le prénom indiqué, K se dit que l'Homme au chapeau avait une attitude retorse vis-à-vis d'elle, il se plaisait à la faire souffrir comme ces chats qui jouent avec une souris, sans toutefois la tuer. L'artiste portait le même prénom que sa propre mère : Lessia.

Combien de fois avait-elle été évoquée dans sa famille ? Combien de fois lui avait-on expliqué qui était cette Lessia Oukraïnka ? Petite fille, elle avait su certains de ses poèmes par cœur. Et pour cause, sa mère vouait à cette artiste une adoration sans limites :

« C'est la première des femmes de notre pays à avoir écrit pour défendre notre cause. À toi de réciter ses poèmes, de les transmettre à tous ceux que tu aimeras. Ses vers sont un don. »

À cette époque, K avait tout juste neuf ans, l'âge auquel Lessia Oukraïnka avait écrit son premier poème, suite à la déportation de sa tante qui appartenait à un groupe de libération du pays sous les Tsars.

Надія
Ні долі, ні волі у мене нема,
Зосталася тільки надія одна:
Надія вернутись ще раз на Вкраїну,
Поглянути ще раз на рідну країну,
Поглянути ще раз на синій Дніпро, —
Там жити чи вмерти, мені все одно;
Поглянути ще раз на степ, могилки,
Востаннє згадати палкії гадки…
Ні долі, ні волі у мене нема,
Зосталася тільки надія одна

L'espérance (Nadia)
Je n'ai plus ni bonheur ni liberté,
Une seule espérance m'est restée :
Revenir un jour dans ma belle Ukraine,
Revoir une fois ma terre lointaine,
Contempler encore le Dniepr si bleu
— Y vivre ou mourir importe bien peu —,
Revoir une fois les tertres, les plaines,
Et brûler au feu des pensées anciennes…
Je n'ai plus ni bonheur ni liberté,
Une seule espérance m'est restée.
Loutsk, 1880

K ferma les yeux ; ainsi, elle avait l'impression de sentir de nouveau le regard de sa mère sur son visage. Elle eut de nouveau neuf ans : les premiers vers remontèrent et la barque des souvenirs fit le reste.

Les ombres étaient restées autour d'elle, elles n'eurent qu'à se pencher pour étreindre l'archiviste.

Chapitre 34

Debout, les yeux fermés, Lessia relisait les vers écrits la veille, déplaçait un mot, supprimait une ligne, changeait un point par une virgule, laissait plus d'amplitude, cherchait une place pour une image, en rognait sur d'autres, hachant le rythme.

Depuis son arrivée au sanatorium, il ne se passait pas un jour sans qu'elle écrive. Loin de sa patrie, l'évidence de celle-ci lui apparaissait de façon limpide, l'éloignement lui avait donné des contours, des couleurs et des sons. L'absence des siens et de sa région lui avait permis d'en entrevoir la beauté et, chaque matin, Lessia ne cessait de la décrire et de la rendre présente.

« Tu écris encore ? »

La voix venait de l'entrebâillement de la porte. À contre-jour, elle n'était qu'une silhouette, mais la poétesse savait qui venait lui rendre visite, il n'y en avait qu'une : Olha Kobylians'ka. Les deux jeunes femmes étaient arrivées ensemble dans cet institut, et la proximité de leurs âges les avait naturellement rapprochées. L'une était aussi volubile que l'autre était mutique. La seconde préférait noircir des feuillets, tandis que la première remplissait l'espace de sa voix aussi fine que la plume. Olha furetait dans les longs couloirs et les buanderies, parlait à tous les pensionnaires et au personnel, connaissait le nom de chacun. Elle revenait toujours avec quelque chose à partager, un instrument de musique abandonné par son propriétaire, des chocolats extorqués à la cuisine ; Lessia ne savait même pas le prénom de celle qui lui administrait chaque jour les soins. Les deux femmes se complétaient admirablement, elles apportaient à l'autre ce que celle-ci n'avait pas.

Les seuls moments où la poétesse sortait de sa réserve étaient les soirs de scène : sur l'estrade, à réciter du Dante, son corps s'animait, semblait même ne rien peser, elle se métamorphosait presque, comme si le souffle du texte la mettait en suspension.

La silhouette s'approcha. Frêle et malingre, Olha n'en avait pas moins un corps dynamique et tonique. De longues tresses brunes encadraient un visage où se lisait la fatigue des nuits à souffrir, sans pouvoir trouver le sommeil.

Les deux amies se sourirent.

« Je traduis un épisode de l'*Odyssée* d'Homère. »

L'autre siffla :

« Je ne sais pas comment tu fais. Déjà, parler une seule langue m'épuise, mais alors les langues mortes...

— Anciennes.

— Pardon : AN-CI-EN-NES. »

Elles partirent toutes deux dans un fou rire qui s'éteignit par des quintes de toux. Là seulement, elles se ressemblaient, par la restriction que faisait la maladie sur les joies trop franches.

« Depuis que je suis ici, je lis différemment cette épopée d'un homme parti de son pays et qui ne souhaite qu'une chose : y revenir. Et je crois bien avoir compris ce que je dois écrire. »

Olha attendit la suite de la réflexion de son amie, mais elle ne vint pas.

« Tant pis ! » fit-elle.

Lessia ne remarqua pas cette déception, elle avait des moments d'absence, la tête tournée vers la fenêtre, elle se perdait en contemplations. Elle en avait déjà parlé à Olha : atteinte dès le plus jeune âge d'une tuberculose des os et des articulations, qui s'était associée à sa forme pulmonaire, elle était restée mutique, incapable de trouver sa place parmi les autres. Inutile et rejetée, en marge de ces enfants dont le corps n'était pas un lieu d'incertitudes et de querelles physiologiques, qui couraient dans la cour de l'école sans se soucier des douleurs dans leur jambe droite. Pour Lessia, c'était un combat permanent, une façon de penser son corps dont elle ne trouvait pas d'exemples. Derrière un sourire de façade, chaque geste était pesé et réfléchi, longtemps négocié avec la douleur et la fatigue. La petite fille avait appris à s'économiser, à éviter des mouvements inconséquents. Souvent, elle restait sur le perron, loin des autres, et s'était mise à les observer.

Cela l'avait sauvée. Des autres, de l'incompréhension du monde, des décisions arbitraires des tsaristes qui avaient déporté sa tante en Sibérie. À neuf ans, elle avait écrit ce poème, pour diminuer la distance avec cette femme adorée. Douée d'une grande sensibilité, elle avait couché sur le papier des vers poignants :

Je n'ai plus ni bonheur ni liberté,
Une seule espérance m'est restée.

Olha voulut insister, savoir ce que son amie avait prévu d'écrire.

« Lessia ? Tu voulais me raconter ce qu'Ulysse t'a appris. »

La jeune femme tourna ses yeux clairs vers son amie.

« Je n'ai cessé de parcourir l'Europe et ses climats ; d'apprendre de nouvelles langues, et les façons de penser qu'elles impliquent ; de connaître d'autres peuples, et d'autres façons de connaître. L'Europe m'a ouvert les bras, jusqu'à aujourd'hui, à Rome. De tous ces élans vers les autres, j'ai le sentiment de m'avoir oubliée. »

Elle passa le bout de sa langue sur les coins de ses lèvres, comme pour mieux choisir ses prochains mots. Le soir tombait et les derniers rayons orangés se mêlaient à sa chevelure blonde, lui donnant des reflets de sable.

« À force de traduire des livres en langue étrangère, j'ai moi aussi envie de donner une voix à mon peuple. Qui nous traduira, qui nous fera vivre auprès des autres, comme je sens Homère vivre auprès de moi ? Je le fais pour le grec ancien, le latin, l'anglais, l'italien, mais n'ai-je pas oublié l'essentiel ? Je dois rentrer, comme Ulysse, et refaire ce voyage en emportant quelque chose qui nous appartient. »

Chapitre 35

La violence d'un long cri fit retourner K dans sa bibliothèque. Sans qu'elle le veuille, elle avait froissé les pages du poème qu'elle devait métamorphoser.

Tournaient en boucle les consignes de l'Homme au chapeau :

Pour une fois, je vous demande de composer un poème, à la manière de la madone ukrainienne. Reprenez les images de la poétesse, mais faites un éloge de ses voyages. Nous dirons que nous venons de retrouver un poème de cette artiste qui démontre qu'elle n'était pas une fervente patriote ukrainienne.

Pasticher Lessia Oukraïnka ? Lui faire dire qu'elle était mieux ailleurs qu'en Ukraine ? Il s'agissait alors de ternir cette envie de revenir ?

Au contraire, il fallait que K retrouve la voix de cette poétesse, éviter qu'elle ne tombe deux fois dans l'oubli. La jeune femme pensa au Léthé, ce fleuve où les morts allaient boire pour oublier leur passé, pour mieux se réincarner : l'archiviste ferait en sorte que les êtres n'oublient pas, afin de mieux se réincarner, elle détournerait les Ukrainiens du Léthé. Ici encore, elle glisserait dans le poème qu'elle créait un message caché.

Un autre souvenir vécu avec sa maman émergea des eaux troubles de la mémoire de K. Sa mère adorait raconter à ses deux filles ces artistes ukrainiennes qui avaient posé les premières pierres d'un art féminin. K saisit l'importance de donner des noms à ces personnes. Elle se remémora celui d'une autrice au parcours bien singulier :

« Je vais vous lire le début d'un roman qui a eu un très grand succès en France : *Maroussia* !

— Oh, comme mon amie ! s'était exclamée Mila.

— Comme ton amie, oui, ma chérie fille. C'est Marko Vovtchok qui l'a écrit, c'est une femme qui...

— Une femme ? Mais maman, c'est un prénom masculin », l'avait interrompue K, en adressant un clin d'œil à Mila.

Leur mère avait alors montré une photographie de Marko. C'était une femme au regard doux, aux cheveux repliés en tresse autour de sa tête.

« Mais maman, pourquoi a-t-elle pris un nom d'homme, si c'est une femme ?

— Parce qu'à cette époque, c'était plus facile de se faire passer pour un garçon. C'est un peu comme notre pays : ses frontières ont changé au fil des siècles, mais nous avons toujours gardé l'essentiel en nous, ce qui nous constitue : notre langue, notre culture. Mais assez parlé, passons à l'histoire de Maroussia... »

Chez Lessia Oukraïnka ou Marko Vovtchok, il y avait eu cette même envie de voyager en Europe, de tisser des liens avec de nouveaux peuples, de se frotter à de nouvelles langues, de les comparer, non pas de les opposer. Elles venaient bien d'un même ensemble : pourquoi ne voir que leurs dissemblances, alors qu'il n'y avait que des ponts à construire entre elles ?

Plus les ombres permettaient à K de voyager à travers les époques et les arts, plus K s'apercevait qu'il était réducteur de rattacher un artiste aux seules frontières qui avaient déterminé sa naissance ou sa mort, qu'il pouvait rêver à l'écart, très loin quelquefois, des belles choses pour en parler, pour toucher le souvenir comme avec la main.

C'était bien plus que cela. Au-delà des frontières établies de façon artificielle par des hommes, il restait quelque chose de plus fondamental : une terre qui ne se préoccupait que très rarement des échelles supérieures de la géopolitique, et que personne, pas même des autocrates, ne pourrait enlever. Il n'y avait qu'à voir comment une culture bafouée dormait en chacun des êtres, attendant d'être délivrée de son supplice et libre au grand jour. Dans chaque foyer, alors que la langue ukrainienne avait été interdite, on s'échangeait des histoires de cosaques, on riait en ukrainien, on rêvait en ukrainien. L'autre langue était celle de l'administration, l'officielle. On gardait l'officieuse pour les échanges importants, nos joies, l'intime. On faisait l'amour en ukrainien. Quand une langue permet à deux êtres de s'aimer, toutes celles qui n'ont pas reçu ce rôle peuvent s'en aller un jour.

Ce jour-là, K avait du temps, aucune enveloppe n'avait été posée sur son bureau, et l'inconnu n'avait pas reparu depuis une semaine. Ce n'était pas dans ses habitudes : sans doute persécutait-il ailleurs, contraignant d'autres conservateurs à des tâches analogues. C'était le plus probable. Sans qu'elle saisisse vraiment pourquoi, K eut envie d'ouvrir un grand registre, celui des années 1920-1930, dans lequel étaient répertoriés des représentants de l'avant-garde. L'archiviste savait que cette période avait été terrible pour l'expression artistique, autant que pour la population elle-même, et qu'elle avait été un point de rupture dans l'Histoire du XXe siècle. Sans qu'elle puisse les voir, ni les entendre, les ombres murmuraient. Elles se regroupèrent tout autour d'elle : leurs silhouettes continuaient de troubler la perception des alentours. À travers elles, les ampoules se perdaient dans un halo, papillonnant comme au fond d'une brume.

À mesure que K tournait les pages, certaines soupiraient de soulagement. L'archiviste lirait bientôt leurs noms pour la première fois, comprendrait quel avait été leur destin, elles le sentaient, mais elles n'avaient plus peur d'être découvertes.

K s'arrêta sur un article : « La génération fusillée ». Ses yeux parcoururent la page, le revirement d'une nation brutalement assombrie. Refuge des avant-gardistes dans les années 1920, Kyiv était florissante. Certains artistes russes y vinrent pour profiter de cet élan créateur : la première exposition futuriste s'y tenait, les peintres et les sculpteurs y résidaient et, forts de leurs échanges nombreux et de leur admiration réciproque, renouvelèrent les concepts de l'art. Elle tournait les pages du dossier : suivaient les années staliniennes.

En quelques années, le pays passa d'une liberté de ton à des répressions sans précédent. L'expression personnelle n'était plus qu'un lointain sourire, totalement désuni de la réalité. La langue ukrainienne fut proscrite, les personnes qui tentèrent de la parler malgré tout furent exilés en Sibérie, d'autres furent forcées d'abandonner leur art. Les suicides s'accumulèrent devant cette vie étranglée : un artiste, aussi bien qu'un être humain, peut-il vivre d'autre chose que de ce qui lui tient à cœur ? Les lettres des suicidés rédigées en ce temps sont formelles : la mort plutôt que le mensonge total de soi. Certains choisirent l'exil : Sonia Delaunay, David Boulliouk.... C'était leur seule façon de pouvoir encore porter cette liberté, de parler de leur pays, ailleurs, et d'y faire retentir leurs paroles, interdites sous le joug stalinien.

« Et nous n'avons eu de cesse de vouloir revenir à notre enfance... »

K se retourna : elle venait d'entendre une voix féminine. Qui pouvait bien être là ? Elle se leva de sa chaise, la main posée sur son bureau, au milieu des piles, le regard tendu vers cette voix. Autour d'elle, le décor avait changé : elle était dans un appartement. L'unique fenêtre donnait sur la tour Eiffel... Paris, la Ville lumière, la magnifique, s'étalait devant elle.

CHAPITRE 36

La femme qui se tenait en face de K sans pouvoir la voir était une petite brune aux cheveux relevés en chignon, aux sourcils bien arqués, les yeux noirs, perçants et vifs, à l'intelligence marquée.

« Sonia ! »

Depuis peu, la peintre Sonia Delaunay avait choisi d'illustrer le poème-fleuve de son ami Cendras, « La Prose du Transsibérien ». Elle était tombée amoureuse d'un vers :

Je m'abandonne aux sursauts de ma mémoire

Elle avait alors eu l'idée d'associer une couleur à chaque dimension du texte et de les adjoindre sur une planche unique. Quand le poète avait découvert l'œuvre terminée, il était resté médusé par ces taches de couleurs vives qui scandaient les vers, s'associaient à lui, lui donnaient presque un rythme.

« C'est comme une œuvre totale dont la palette répond aux roulements du train, les deux se tiennent et se répondent. »

Sonia reprit du thé. Pendant que le liquide fumant se déversait dans la tasse, elle souriait, laissant sa réponse remonter jusqu'à effleurer ses lèvres.

« Je n'aime ni les étiquettes ni les frontières, même celles que je trace volontiers moi-même : ce ne sont que des carcans pour délimiter le monde, où la lumière n'entre pas, alors que l'art devrait être autre. Exploser sous nos regards, n'appartenir à personne sinon à lui-même. Il devrait se ficher de savoir à quel courant il appartient. Il est, et cela est bien suffisant. C'est la même chose pour les mots et les couleurs ! Fais-je autre chose que ça ? Peindre des émotions, des sentiments, un contexte ? Et je regarde ces émotions, ces sentiments, ce contexte échapper à eux-mêmes. À tes vers répondent des couleurs, et c'est à cette harmonie que devrait s'arrêter l'espèce humaine. Le reste, ce ne sont que des velléités orgueilleuses du pouvoir.

— Mon poème acquiert là une nouvelle dimension, tu redoubles son sens d'un éventail visuel ! » renchérit Blaise.

Puis, après s'être servi un verre aux teintes ambrées, il poursuivit :

« Je suis d'accord avec toi. Tu vois, dans ce poème, je cite notre regretté Apollinaire, ce vieil ami des peintres, que l'on retrouve maintenant dans tes couleurs. Notre art permet ceci : continuer de faire exister à travers les âges, grâce à notre parole, des poètes qui ne sont plus. L'art est cette opération magique qui, au-delà de lier mots et peinture, fait revenir à la vie des morts, les fait exister entre eux et avec nous, comme nous existons toi et moi en ce moment. »

Sonia fixait son ami, le regardait sans vraiment le voir. Quand il eut fini, elle hocha la tête en signe d'acquiescement, puis dit, un peu plus bas, comme sous le sceau du secret :

« Tu sais pourquoi je peins ainsi ? Pourquoi j'utilise ces couleurs pures ? »

L'autre se contenta de secouer la tête, sans la quitter du regard. L'instant semblait trop solennel pour le couper d'une parole vaine. Sonia poursuivit, en passant son index tout autour de sa tasse :

« Je suis simplement attirée par la couleur pure, couleurs de mon enfance : couleurs de l'Ukraine. »

Chapitre 37

K s'éveilla de cette vision sur son matelas, poussé contre les armoires de bois sombre dans l'ancienne sacristie. L'archiviste avait tressailli au moment de sortir de ce lourd sommeil, si bien qu'en se levant elle sortit de l'un des placards une étoffe qu'elle passa sur ses épaules. Elle venait à peine de quitter la pièce qu'elle sentait déjà les bienfaits du tissu. Elle s'engagea dans les allées de la bibliothèque pour se dégourdir les jambes et observa de biais les manuscrits.

Était-ce la vision du temps qui se brouillait, sous l'effet de son isolement et d'un travail extrême ? Il lui semblait que l'étranger n'était plus reparu depuis des mois. Son trucage sur Gogol et les œuvres romanesques était terminé, elle mettrait une dernière main aux tableaux de la galerie, après quoi la jeune femme se retrouverait sans tâche à accomplir.

K descendit dans les galeries, manqua de se tordre la cheville. Elle reprit un des tableaux de Delaunay. Personne ne lui avait demandé de changer cette toile : l'inconnu n'avait rien exigé à ce sujet, mais K, elle, avait la possibilité de laisser un message. Elle souhaitait depuis le début utiliser une technique de stéganographie. Complexe à mettre en œuvre, mais puisque le temps lui revenait, que ses journées étaient plus stables, elle allait enfin l'essayer. Elle avait lu que des informaticiens jouaient sur différentes nuances de bleus. Ils cachaient dans une image des lettres bleues dans un ciel bleu. Cela lui avait donné une idée : il s'agissait alors de prolonger la toile vers le haut, de quelques centimètres à peine, et d'y poursuivre les motifs de Delaunay, en retrouvant le ton exact des couleurs. Dans cette partie fictive, elle inscrirait des lettres dont la teinte infiniment proche demeurerait invisible à l'œil nu, mais dissemblable pour un logiciel de traitement d'images.

L'archiviste reprit ses pinceaux et entreprit de travailler les différentes nuances. Un simple jeu sur les saturations d'une photographie permettrait de lire ces vers de Taras Chevtchenko :

La vérité régnera-t-elle
Et ce monde, parmi les hommes ?
Il faut que cela soit, sinon
Le soleil arrêtant sa course
Brûlera la terre souillée.

Elle laissa sécher la première couche, dormit, la tête au creux de ses bras, à même la table. À peine quelques heures plus tard, elle fut réveillée par le froid. Autour d'elle, les nombreuses œuvres amassées portaient ce double message. La culture renaîtrait de ses cendres, que ce soit dans son pays ou bien ailleurs, chez ces artistes exilés. Il y aurait toujours quelqu'un dans le monde qui élèverait sa voix, les artistes se fichaient des frontières et des menaces géopolitiques. Une dictature n'était en place que le temps de son despote, mais l'art phénix reviendrait, plus fort encore qu'avant sa mort.

La peintre Sonia Delaunay en était l'exemple le plus frappant. Revenir vers soi, ses origines, creuser le terreau familial, ne jamais quitter son sillon, d'autant plus si on l'avait quitté dès sa jeunesse. Les origines exsudaient. L'homme n'était-il pas cet animal qui ne cesse de vouloir retourner vers son enfance regagner le berceau béni, son paradis disparu ? Les artistes ne faisaient-ils pas de même ?

K se frotta les yeux ; il était temps pour elle de remonter à la surface, de finir les modifications avant d'avoir des nouvelles de l'Homme au chapeau.

Soudain, elle crut entendre un bruit de clef et de serrure. C'était lui !

« Va-t'en ! Va-t'en ! » hurlait K en elle-même.

Malheureusement s'étalait sur son bureau, dans un désordre total, tout le codage de la bande ajoutée au tableau de Delaunay, les manuels de stéganographie dont elle suivait les recommandations, les instruments appropriés et, en outre, le tableau lui-même sur un chevalet à sa droite. Si l'inconnu découvrait tout cela, c'était fichu pour Mila, et pour sa culture !

K se leva d'un bond, renversant la chaise sur le sol.

« Attention, les mauvais élèves seront punis ! lança l'Homme au chapeau depuis l'antichambre, par-dessus ses pas approchants. Je vous ai manqué, je n'en ai pas l'ombre d'un doute ! »

Elle défit en un clin d'œil le collage de la bande, la glissa dans un des livres et, avec une rapidité d'oiseau, rassembla tout ce qu'elle put des pinceaux, des couleurs et des manuels, avant de se précipiter vers le sous-sol. Tournant à la hâte dans le colimaçon, tout juste avant que sa tête ne disparaisse sous la pierre, elle aperçut l'étranger au bout de salle, qui la remarqua aussitôt.

« Vous descendez au sous-sol ! Je vous suis ! » cria-t-il avec ce jeu malsain qu'il avait toujours dans la voix, se mettant à la poursuivre à son tour comme s'il avait compris l'enjeu de la fuite.

Sitôt la lumière allumée, elle reprit sa course vers la porte derrière laquelle étaient enfermées toutes les œuvres réexaminées. Songeant à la distance qui séparait l'Homme au chapeau du colimaçon, il lui parut faisable de se débarrasser dans les temps de toutes ses affaires compromettantes. Elle songea alors à la suite : comment devrait-elle mentir pour se défaire de ses questions ?

Arrivée devant la grosse porte en ferronnerie, elle jeta le tout par terre et chercha ses clefs.

Dans l'effroi et la précipitation, elle les avait oubliées dans le tiroir de son bureau. Pas le temps de se reprocher quoi que ce soit : elle ramassa les objets épars et entra dans la première alcôve venue. À l'autre bout du long couloir, elle entendit l'homme qui descendait les dernières marches.

Toutes les ombres l'avaient suivie et se tenaient là, sous les lourds plafonds de pierre, avec l'archiviste. Soudain, l'une d'elles s'empara de la porte d'une armoire métallique. Les autres se joignirent à son effort. K vit ce battant s'ouvrir très lentement, grinçant sur sa rouille. Elle s'avança alors et vit à l'intérieur un faisceau de fusils de chasse, ciselés d'argent, et datés du XVIIe siècle, avec de vieux sacs de poudre contre leurs crosses.

« Où êtes-vous, très chère ? »

L'Homme au chapeau arpentait une à une les salles du sous-sol, K l'entendait s'approcher. Quelques instants après, il tomba sur elle.

« Vous voilà ! Vous ne répondez plus quand on vous appelle ? »

Il était à peine essoufflé.

« J'étais concentrée sur ce que je devais faire. Je travaille encore pour vous, si vous vous en souvenez. »

De sa poche, il sortit un bâton de réglisse qu'il prit comme une cigarette, avant de le mâchouiller.

« Je ne suis pas sûr que ce soit moi qui l'ai oublié ! Quels sont ces documents et diverses choses qui vous ont fait courir, à l'instant ? Est-ce que ce sont eux, derrière vous ?

— Je travaille sur l'œuvre de Delaunay, en ce moment. J'ai du temps pour moi puisque vous n'étiez plus sur mon dos.

— Je suis de retour, alors on recommence la chevauchée. Montrez-moi.

— Je ne préfère pas, ça pourrait vous donner de mauvaises idées. Vous faites déjà bien assez de mal aux choses que j'aime.

— Et si j'insiste ?

— Je me battrai ! »

L'homme cessa de croquer son bâton tout en continuant de fixer K.

« Ça ne réussit pas à votre humeur de rester trop longtemps hors de ma vue. »

Puis, après un temps :

« Je vous laisse vos passions. Cependant, je dois aller voir derrière cette fameuse porte, dont vous avez d'ailleurs négligemment oublié la clef sur votre bureau. Je crois que c'est la seule erreur qu'on vous aura vu faire en dix ans. »

Il présenta le trousseau à l'archiviste, le tenant par l'anneau entre le pouce et l'index.

« Il est temps, n'est-ce pas ? Nous approchons de la fin, et j'ai ce droit de regard que j'ai complaisamment suspendu jusqu'ici. »

L'homme disparut aussitôt au détour du souterrain.

« Voyons un peu quelle clef cela pourrait être ! »

K le suivit en courant. Il ne fallait pas qu'il ouvre cette porte, pas tant que Mila ne serait pas en sécurité.

« Pour que vous ouvriez cette porte, je vous demande ma sœur ! cria-t-elle d'un ton qui le fit s'arrêter net.

— Ah oui, mais ça, ça viendra dans un second temps », répondit-il en continuant d'avancer, comme si personne ne lui avait parlé.

« Non, non, non, c'est hors de question. Je ne peux pas vous faire confiance !

— Et pourtant, il le faut, à ce moment précis.

— C'est hors de question !

— Voyez-vous ça, elle commande maintenant. »

L'Homme au chapeau entendit alors que l'archiviste, à quelques mètres derrière lui, avait arrêté de le suivre. Elle s'était s'immobilisée dans le couloir. Regardant autour de lui, il constata qu'il avait dépassé les dernières bifurcations de la galerie. Il était dans une impasse avec, au fond, la porte. Il pivota lentement sur lui-même.

K pointait un magnifique fusil de collection droit vers lui, visant son cœur. Il s'aperçut qu'elle ne tremblait absolument pas et un voile d'inquiétude traversa son visage.

« Qu'est-ce que vous faites, au juste ?

— Si vous ouvrez cette porte maintenant, si vous en prélevez les œuvres, vous ne me rendrez jamais ma sœur, alors je vous abattrai sans sourciller.

— Vous n'avez rien pour le mettre à feu, l'intello.

— Croyez-vous ? On m'a fait cadeau de cela récemment. »

Et l'archiviste, gardant l'inconnu en joue, sortit de sa poche le chalumeau que lui avait donné Havrylo. Elle l'alluma tout près de l'ouverture de la poudre. Un immense silence se fit dans le sous-sol et la bibliothèque. L'Homme au chapeau ne réagissait plus, sa bravade l'avait pétrifié.

« Laissez tomber ces clefs au sol et repartez. Cela ne change rien à notre accord, je finirai le travail exactement comme vous le souhaitez. »

Il s'exécuta pour le trousseau, mais resta sur place. Il retrouva sa langue.

« J'ai une chose pour vous, une des dernières enveloppes. Bientôt, tout sera fini. »

Il la sortit de l'intérieur de son manteau et la déposa sur les dalles. Alors seulement, il s'en alla.

Chapitre 38

K fut saisie d'euphorie en remontant dans la salle principale. Jamais elle n'aurait pensé pouvoir tenir tête à un tel personnage. Par jeu, mais aussi pour des raisons profondes et vénérables, elle mit ses mains en porte-voix et cria le nom des artistes qui avaient fui leur pays, mais qui avaient continué d'en être les hérauts :

« Bouliouk ! Delaunay ! Archipenko ! Exter ! Dovjenko ! Tatline ! »

Les noms ricochèrent sur les étagères, se perdirent dans le papier des livres rangés par région et époque, les lumières crépitèrent à chaque détonation de la voix de l'archiviste. En entendant son nom, l'ombre de Sonia Delaunay fut la première à sortir du cercle des autres silhouettes, puis ce fut le tour d'Alexandre Dovjenko. Les autres suivirent. K cessa de crier quand elle vit apparaître de façon évanescente une petite femme aux cheveux bruns relevés en chignon et aux sourcils arqués, dont le sourire éclatant de rouge montrait une joie infinie, celle d'une reconnaissance tardive pour ce qu'elle était : une exilée. Sonia Delaunay se tenait devant elle. K ne rêvait pas, elle était toujours dans la bibliothèque, parmi ses livres. D'autres visages émergèrent de la nuit : les ombres étaient ces artistes qui avaient dû s'exiler, mais, une fois la mort arrivée, ils étaient revenus dans leur patrie, poursuivant ce qu'ils n'avaient pas eu l'occasion de terminer avant. Protectrices des arts, K n'était plus seule et vulnérable. Les ombres tourbillonnèrent autour d'elle avant de s'évanouir : désormais, elles faisaient partie de K.

L'archiviste se remit à son bureau : il lui fallait falsifier un autre recueil, et non des moindres, celui des poèmes de Chevtchenko. Bien que ce soit un espoir candide, K avait souhaité ne jamais voir ce nom sur aucune des enveloppes. Cet auteur avait bercé les soirs de son enfance, mais aussi celle de tous ses amis. Elle s'étira, se penchant pour examiner un éclat sur le dallage, maigre palliatif pour retarder son prochain travail. Son dos craqua à plusieurs endroits, courbaturé lui aussi par ce travail harassant. Même si elle ne s'en était pas rendu compte, la fatigue la prenait entièrement à présent. Cela faisait des semaines qu'elle n'était pas sortie de la bibliothèque, qu'elle ne s'était pas regardée dans un miroir, sinon elle aurait pu voir qu'une mèche blanche barrait son front.

Chevtchenko.

Elle prit l'enveloppe, et plissa les yeux. Les lignes noires dansaient, comme un mirage que commandait la fatigue.

Très tôt orphelin, devenu esclave, puis adulé comme une figure iconique, il était le poète que toutes les générations avaient lu, les unes après les autres, ressassant ses vers, les apprenant par cœur, les ancrant dans leur peau. Le sang de son peuple battait sur le même rythme et en vers. Et sur son cœur, on pouvait entendre en se penchant : « La liberté vaincrait ! »

L'homme avait-il trouvé le moyen d'abattre ce monument ? K se souvint des premières semaines de l'invasion, quand leur terre tombait peu à peu aux mains de l'ennemi et s'approchait d'Odessa. Les habitants avaient abrité la statue du poète sous une pyramide de sacs de sable. La sculpture avait fini par ressembler à un soldat retranché, protégeant la ville des assauts qui viendraient.

K retardait le moment d'ouvrir les consignes, les ombres en elles la bercèrent d'un murmure, un de ces poèmes que chaque Ukrainien avait un jour su par cœur : celui qu'on appelait son testament. K ferma les yeux, entendit sa mélodie qu'elle trouva belle, et se laissa conduire...

CHAPITRE 39

Au fil des jours, Taras Chevtchenko avait rendu sa cellule plus vivable. Les dernières heures avant la nuit, il s'asseyait au même endroit et regardait le ciel grignoter les rayons du soleil, avant que ne jaillissent de l'est, par le même coin de la fenêtre, les crocs de nuit.

Face au crépuscule, c'était chaque fois les mêmes pensées, les mêmes images du souvenir qui se présentaient dans le même ordre : la perte de sa mère à neuf ans, son père qui avait épousé en secondes noces une belle-mère cruelle, et qui disparut soudainement trois ans plus tard. L'enfant grandit avec l'abandon pour toute famille et la servitude pour toute maison. À quatorze ans, le départ de sa ville natale pour entrer, à son tour, comme serviteur, acheva sa plongée dans le monde des adultes. Jeunesse guère enviable, marquée par des tâches fastidieuses et harassantes, sans qu'aucun espoir n'existe, celui d'une main maternelle et consolatrice à jamais perdue.

Et puis, une lueur, celle de ses dons pour la peinture et le lyrisme, ce maître qui décela ses talents et lui offrit sa liberté à ses vingt-quatre ans. Enfin, la possibilité de revendiquer un territoire affranchi, de prophétiser son indépendance, alors que son pays n'était plus qu'un souvenir sous l'ombre des Tsars, d'appeler à la révolte, à la lutte. « La vérité se lèvera ! » s'était-il écrié. Et enfin, son emprisonnement pour avoir osé défier l'ordre établi.

Sur la route de son exil, il s'était demandé ce qui avait pu germer en lui. Possédait-il en amont cette sensibilité aiguë pour les choses et les êtres parce qu'il avait souffert, ou bien était-ce quelque chose qu'une force inconnue avait déposé en lui, dès sa naissance, et qui aurait grandi, même sans les ruissellements de la souffrance et de la solitude ? La question était restée en suspens, à jamais prise dans les rets d'incertitudes qu'aucun homme ne pouvait résoudre. Était-ce d'ailleurs vraiment important ?

Aujourd'hui, il savait qui il était, ce qu'il devait faire, quelle place occuper : la vie lui avait offert ce cadeau que certaines personnes n'obtiennent jamais. Le reste, comme cet exil, n'était que futilité. À présent, homme mûr, il se percevait comme un être fait de petits riens, de choses inquiètes ou dérisoires, qui l'avaient appelé sur une route plutôt qu'une autre, ces inclinations de l'âme qui parfois lui restaient enfoncées dans la gorge jusqu'à le menacer d'étouffement. Mais il restait digne et acceptait les turpitudes de son destin.

Dans sa cellule, ce rituel du soir qui tombe et fait croire, avec ses derniers rougeoiements, que le printemps revient toujours lui avait permis de survivre. Et chaque soir, Taras y croyait. À cette renaissance, à ce printemps qui reviendrait.

Lorsqu'il était arrivé dans cette prison, les gardes l'avaient mis à nu, lui avaient donné pour tout habit une chemise en toile grossière, ainsi qu'un pantalon de laine. Ils avaient confisqué ses plumes et pinceaux, tout en lui lisant le décret qui lui interdisait d'écrire et de peindre. Les premiers temps, Taras s'était senti déboussolé, il ne se reconnaissait plus : il ne pouvait accéder à aucun de ses souvenirs s'il ne tenait pas, entre ses doigts, l'un de ses objets. La plume et le pinceau étaient les canaux de sa vérité, par lesquels apparaissait désormais sa vie. Il était entré dans sa cellule la tête basse et avait regardé ses bottes : la seule chose qu'il conservait de son ancienne vie.

La langue chez lui était généreuse et on la lui avait coupée. Qu'allait-il faire de tout ce qui s'accumulait en lui, sans exutoire ? De ces paysages qu'il devait à présent retenir en lui, tandis qu'ils ne demandaient qu'à se déverser sur la page ou la toile ? De ses mots qui s'agglutinaient dans sa main, comme des gestes malheureux ? Où iraient-ils ? Qu'adviendrait-il de tout ce magma en lui ?

Parfois s'imposait l'idée qu'il portait en lui un volcan dans le plus sens le plus modéré du mot. Cela lui venait surtout quand il observait ce ciel plongeant dans le noir, traversé par les barreaux de sa fenêtre, lui aussi n'était plus que la moitié de lui-même, mais contrairement au coucher de soleil, il n'enfanterait aucune renaissance de ses mains, le lendemain. Il se consumerait sans doute un jour de son feu intérieur.

Et puis, ce soir-là, il avait cédé à une pensée. S'il ne se reconnaissait plus lui-même, c'était à cause de cette inertie qu'on lui imposait. Il lui fallait agir !

Faire ce qu'il connaissait depuis toujours et mettre en mots ce qu'il contemplait ! Il avait alors eu l'idée de faire un texte avec sa chemise, d'en arracher le pan qu'il mettait dans son pantalon, puis, avec un caillou qu'il avait taillé en pointe, il avait commencé à noircir le tissu d'une enfilade de mots qui étaient sortis dans le désordre d'un flot trop longtemps contenu.

Il n'avait eu aucune méfiance, quand il avait écrit la première fois, trop heureux de renouer avec la parole. Il n'avait pas entendu les bruits de bottes de son geôlier. C'était à peine s'il avait eu le temps de cacher grossièrement son morceau de tissu dans le bourrelet de sa manche.

« C'est l'heure d'éteindre ! »

Sans attendre de réponse, le gardien avait soufflé la bougie, plongeant la cellule dans l'obscurité. Cet homme apparaissait toujours dans le noir, et son nez camus et ses petits yeux sombres lui donnaient des airs de chauve-souris, la même empathie aussi sans doute.

Taras avait baissé la tête, non pas en signe d'obéissance, ce n'était pas son genre, mais pour vérifier que son morceau de tissu ne se distinguait pas, dans la pénombre. Le gardien l'avait pris pour une preuve de son pouvoir et avait claqué ses bottes avec zèle, avant de quitter la cellule.

Les bottes !

Depuis quelques jours, Taras se renfrognait et avait demandé une nouvelle paire de bottes : la semelle des siennes était ouverte sur toute la longueur. Le cuir avait éclaté à cause du froid. Mais ce soir-là, il avait au contraire compris cette aubaine : il y cacherait son manuscrit ! Il avait pris soin d'élargir la brèche de ses ongles, les noircissant par ce geste comme ces pages blanches qu'il aimait tant remplir, puis avait glissé le premier morceau de tissu dans sa semelle. Ainsi, continuerait-il d'écrire, aussi longtemps qu'il aurait du tissu ! Enjoué par sa trouvaille, il fit quelques pas de mazurka dans sa minuscule pièce. Il continuerait d'écrire des chapelets de mots pour les siens. Il avait foi dans une devise aussi simple et dramatique que les murs de sa cellule : « Rien ne tient dans un peuple que sur sa langue. » Avoir un passé commun, le connaître, partager des valeurs qui leur permettront de reconnaître l'autre comme un frère.

Ce soir-là, le poète avait repris cette place qu'il n'aurait jamais dû quitter. C'était un homme aux mains chargées d'histoires à peindre et à écrire. L'enfermement ne serait plus une fatalité. Depuis, Taras attendait chaque soir ce morceau de ciel. Avec le voisin de cellule, ils avaient convenu pendant une promenade que celui-ci sifflerait en cas de passage du garde dans le couloir. Ainsi le poète s'était-il profondément attaché à ce petit rectangle de jaune, glissant par pointes irrésistibles dans la nuit. L'écriture lui avait fait retrouver les sons : les bruissements des feuilles quand le vent jouait dans les arbres, les feuilles gorgées de chlorophylle à la belle saison. Tout cela était un chant à atteindre et à transcrire. À côté de lui, un air siffla.

Chaque soir, Taras consignait le message de cette terre qui l'appelait et portait le nom de son pays. Être captif ne signifiait pas se rendre et accepter les interdictions de ses bourreaux. Le véritable enfermement aurait été de ne plus voir ce que la nature lui proposait. Même en prison, il continuerait de s'émerveiller de ces coquelicots chantants, de leur balancement dans les jaunes des blés.

Le matin, Taras attendait les premières lueurs avec la patience d'un lion. Personne ne surveillait encore le couloir, il avait encore une heure devant lui. Son écriture se faisait plus claire, à l'image de ce qu'il voyait : le dénuement dans lequel on l'avait mis devint au fil des jours une force, une forme d'ascèse qui le rendait clairvoyant. Fort de ce dénuement, l'important était apparu, dans ce tissu sous ses doigts : sa main forma des arabesques en l'air. Il dessina des lettres d'un alphabet oublié car interdit depuis plus d'un siècle. Il était ce chef d'orchestre qui harmonise les instruments, leur donne leur couleur et leur tonalité. Les « chhh » tels des archets frottés sur les cordes répondaient au « gue » des cuivres, entre les consonnes arrivaient les voyelles, onomatopées des âmes qui lient les lettres. Archéologie de l'esprit, l'entreprise de Taras redonnerait un nouvel élan pour le peuple, lui permettrait d'accéder au rang de peuple, il ne serait plus une région mal nommée, l'écrit fixerait enfin leurs particularités. Le poète fixa dans sa cellule ce que serait l'alphabet ukrainien.

Chapitre 40

K se releva la tête de son bureau, le corps alourdi par ce rêve. Ses membres revinrent à eux-mêmes plus difficilement que les autres fois. Elle aurait tant aimé pouvoir s'incarner comme à Maïdan, parler à ce grand poète ; combien de fois l'avait-elle lu pour se le réciter, dans les moments d'ennui et de doute, afin de rappeler à elle la beauté de ce monde ?

Jamais elle n'aurait pu penser vivre cette expérience : voir un artiste qu'elle admirait plus que tout, dont elle ressentait les livres de l'intérieur, à s'en ébranler. La jeune femme sourit : elle appréhendait un sentiment nouveau. Il ne suffisait pas de naître pour exister, puisque comme Taras, la naissance peut être une grille fermée où brusquement tout s'arrête déjà, et derrière laquelle la plupart d'entre nous finissent leurs jours. Il fallait trouver l'issue dérobée, traverser ces étapes qui agissent comme l'aiguille d'une boussole et indiquent la véritable direction.

Ce soir, K pouvait dire qu'elle touchait à un degré supérieur d'existence. Malgré les peines endurées, malgré la souffrance de la perte des êtres aimés. C'était une puissante consolation. Jusqu'à présent, elle avait vécu, désormais elle existait, était venue au monde une seconde fois, elle savait, comme Chevtchenko, où elle devait être, ce qu'elle devait faire.

Aussi fous soient les sacrifices pour y parvenir.

K contourna son bureau. Il lui sembla entendre dans une des allées le pas souple de l'Homme au chapeau qui était revenu feuilleter des ouvrages, s'assurer de n'avoir rien négligé, que rien ne restait encore à éjecter.

« Vous ne quittez plus votre bibliothèque, chère K. Vous savez que vous n'êtes pas ma prisonnière, n'est-ce pas ? »

L'Homme au chapeau était arrivé derrière elle, toujours à ménager un petit théâtre d'horreur autour d'elle. Il semblait soudain amaigri, un peu plus lamentable que la première fois où elle l'avait vu. Il débuta une phrase, mais K l'interrompit pour prendre la parole :

« Ne faites pas l'idiot. Je dois pour l'instant vous empêcher de récupérer ce que vous savez. D'ailleurs, que ferez-vous de moi, une fois que je vous aurai ouvert cette porte et livré toutes les œuvres modifiées ? Que vous aurez délivré ma sœur ? Une fois réunies, qu'est-ce qui me prouve que vous tiendrez parole ? »

Elle s'était mise debout pour parler, les mains derrière le dos, s'appuyant sur le rebord de son bureau. Du bout du pouce, elle caressait le bois doux, les aspérités que formaient les nervures. L'Homme au chapeau émit un rire bref et sec, et s'assit face à elle, dans son fauteuil. Son visage était marqué par les cernes. Le bas de son visage, plus sombre, laissait entrevoir une fine barbe de trois jours qui le vieillissait de quelques années.

« Parce que vous avez œuvré pour moi, je saurai vous témoigner ma reconnaissance. Et puis votre tour de force, hier dans les souterrains, m'a définitivement convaincu. On épargne toujours les braves, ils sont parmi nos ennemis, ceux qui nous inspirent la bonne conduite, et font la valeur de notre combat. »

Insensiblement, K s'était rapprochée, sans bouger le bas du corps, son buste s'était penché de quelques centimètres. Ils se firent face, elle reprit :

« Vous ne me laisserez pas repartir.

— Vous semblez être bien certaine de la chose, ma chère... Et en quel honneur sacrifierais-je une collaboratrice ? Ne vous ai-je pas donné des billets pour aller vivre loin de ce chaos, de l'argent pour soigner là-bas feu votre mère ? Paix à son âme d'ailleurs... Il sera question de reconnaissance à la fin. J'ai même hâte de voir les deux sœurs réunies ! Mais avant cela, il faudrait que vous terminiez votre travail. Où en êtes-vous, d'ailleurs ?

— D'ici quelques semaines, ce sera terminé. »

L'Homme au chapeau se leva et fit un large geste pour l'inviter à s'y atteler. K fit volte-face et se rassit à son bureau.

« Maintenant, laissez-moi, je dois terminer Chevtchenko.

— Exactement, les rotatives des imprimeries attendent votre travail pour tourner. »

De dos, l'Homme au chapeau ne distinguait qu'un bout de la nuque de K qui restait la tête haute, les cheveux en cascade sur une épaule, ne faisant pas mine de se pencher sur l'œuvre à falsifier. L'homme s'attarda là de longues secondes, dans une scène figée qui commençait à devenir insoutenable pour l'archiviste. Puis, après avoir fait claquer sa langue, il fit demi-tour, rajusta son col et partit dans l'ombre des coursives.

Chapitre 41

K ne croyait pas ces paroles lénifiantes, elle s'était faite à l'idée que la bibliothèque serait son tombeau, qu'elle n'en sortirait pas vivante. Il était facile pour cet homme au bras long et aux moyens hors de mesure de faire croire à un accident, un cambriolage qui tournerait mal ou encore un suicide. Comme Alla Horska il y a une cinquantaine d'années, les solutions ne manquaient pas. La lampe à son bureau faisait comme une tache blanche devant elle. Puisqu'elle travaillait sur un artiste de la ville de Kharkiv, elle se rappela un article que son père avait signé à ce sujet.

L'archiviste s'appuya des deux mains sur son bureau et se leva. Sa démarche rapide n'avait rien d'une déambulation dans les rayons. Après avoir bifurqué plusieurs fois, s'être assurée qu'elle n'était pas suivie, elle entra dans l'allée des archives urbaines, alla à la lettre K : Kharkiv, jadis la première capitale de la République ukrainienne soviétique.

Elle en sortit une grosse liasse de papiers attachés ensemble par d'énormes trombones, son corps titubant un peu sous le poids. Le papier jauni venait d'un autre temps, si proche et pourtant si archaïque d'apparence, ce temps fugitif où l'on tapait encore à la machine à écrire. Avec son doigt, elle suivit le sommaire, avant de tomber sur ce qu'elle cherchait : dans les années 1930, l'État soviétique avait convié l'ensemble des bandouristes ukrainiens à donner une représentation musicale au théâtre de la ville.

K tourna la page. Face à elle, une vingtaine d'hommes en chemise folklorique, derrière eux des femmes avec les mêmes couleurs : rouges et noires, l'une pour la passion et l'amour, l'autre la tristesse et la mort. La jeune femme passa l'index sur ces visages. Ces pauvres gens, ravis d'être à l'honneur, ne pouvaient rien savoir de la suite des événements. Ils posaient fièrement, leur bandoura sur leurs genoux. Impossible pour eux d'aller plus loin que leur plaisir, de se méfier un petit peu. Évidemment. Comment imaginer faire d'un tel moment l'acte conscient de leur mort ?

Le soir, dans les coulisses, ils avaient répété, remplis de joie à l'idée de partager leur art avec les spectateurs. La bandoura était l'instrument de l'Ukraine, celui qui symbolisait l'Hetmanat des cosaques au XVIIe siècle, grâce à laquelle la parole naviguait entre les hommes, les histoires passaient et fondaient leur terreau commun. Sous leurs doigts, la bandoura vibrait : posée contre eux, elle était le prolongement du cœur.

Ce soir-là, donc, au moment où le rideau s'ouvrit, les artistes tombèrent devant une salle sans public : aucun civil n'avait été invité, au lieu de cela, des soldats en arme. Les cordes des instruments face au métal des mitraillettes. Après un temps de sidération, les bandouristes se regardèrent, hochèrent la tête et, d'un accord tacite et spontané, jouèrent le début de l'hymne ukrainien, la tête haute, les yeux dans ceux de ce public mortel qui accueillirent la musique par une salve de balles.

La gorge de K se serra aux dernières lignes de l'article, cela lui faisait toujours le même effet, quand elle lisait ce document. Cette différence centrale, qui résume toute expérience, entre celui qui donne la mort et celui qui la reçoit. Ces artistes avaient été assassinés pour étouffer le patriotisme ukrainien. Leur instrument ne représentait qu'un monde condamné qu'il fallait chasser de l'imaginaire collectif. C'était la même méthode avec l'Homme au chapeau, mais plus insidieuse, sans qu'aucune arme, jusqu'à hier, ne soit pointée.

Pourtant, malgré la mort de tous les bandouristes et les efforts de censure, le peuple avait continué de confectionner ces instruments, d'initier leurs enfants à cette musique, et, près d'un siècle plus tard, des chanteurs qui s'accompagnaient de bandouras sillonnaient villes et campagnes, divulguant toujours l'épopée des cosaques.

Un bruit lui fit tourner la tête : l'Homme au chapeau était toujours là, quelque part, à la guetter. Elle sentait l'odeur suave de son bâton de réglisse. Un frisson parcourut son échine : elle se savait comme ces artistes, prise dans le piège à souris de sa bibliothèque.

CHAPITRE 42

L'enveloppe sur le bureau était plus terne que les autres, comme s'il s'agissait d'une très vieille demande, préparée depuis longtemps. Sur le papier, la même lettre joliment calligraphiée « K » était de peu d'éclat, elle aussi. L'archiviste décacheta l'enveloppe : une photo d'Odessa sur laquelle figurait un homme qu'elle connaissait bien : Isaac Babel.

Le nom, au départ, l'avait interpellée. Pourquoi lui ? Pourquoi cet écrivain qui avait intégré les rangs de l'Armée rouge et un temps promu la gloire soviétique figurait-il dans l'enveloppe ? K l'ouvrit en grand ; il n'y avait aucune indication supplémentaire. Tout se résumait à une photographie. La jeune femme s'y perdait : quel pouvait être l'objet de ce travail ? S'il fallait aussi sacrifier les œuvres qui ne montraient aucun patriotisme ukrainien, cela serait une entreprise digne de Sisyphe qu'elle ne finirait jamais. L'archiviste reposa l'enveloppe et regarda le rayon dans lequel l'écrivain était rangé, cherchant ainsi à forcer sa mémoire au souvenir de l'homme qu'Isaac Babel avait été, des œuvres qu'il avait écrites. K se souvenait que c'était un écrivain qui avait fait partie de ce fameux « réalisme socialiste » imposé par le gouvernement et qui permettait à un artiste qui en adoptait les usages de s'extraire de la chape de plomb. Au cours des années 1930, un nombre important d'artistes avait été déporté au goulag, avec une aisance et une absence de scrupules indescriptibles, mais Isaac Babel avait échappé à ces rafles.

« Que dois-je faire d'Isaac Babel ? Vous n'avez rien précisé », lança-t-elle à la cantonade.

Personne ne répondit. L'Homme au chapeau avait-il quitté les lieux ?

La jeune femme se leva de son bureau et parcourut la grande salle à sa recherche : personne. Elle descendit au sous-sol, prenant soin d'emporter la clef. Même constat. Il était reparti.

Remontant l'escalier, elle eut l'idée de consulter une biographie de l'écrivain : elle y trouverait davantage d'informations propres à lui indiquer quoi faire avec les *Contes d'Odessa* ou toute autre œuvre emblématique de l'auteur. Elle s'étonnait encore que l'inconnu voulut porter ses efforts sur cet homme sans vertu militante, sans contradiction avec ses doctrines, et qui ne se nourrissait pas particulièrement d'insolence envers le régime.

Mais peut-être ses souvenirs étaient-ils trop imprécis, mensongers à la limite ? À quelle tâche se consacrait exactement sa littérature ou sa vie, c'était là ce qu'elle voulait découvrir. Tout ça, songea-t-elle, quelle artillerie pour mettre à mal un cavalier rouge.

Elle trouva le livre recherché. Isaac Babel était bien originaire d'Odessa, il avait décrit dans ses œuvres ce qui faisait la particularité de ce port. K avança de quelques pages et tomba sur un extrait de l'auteur décrivant la ville. Dans ces lignes, il y avait une telle liberté ! Même si elle ne s'y était jamais rendue, elle pouvait se représenter les lieux, les embruns, les mâts des bateaux dans le port qui se balançaient au gré du faible roulis. C'était tout à fait l'idée qu'elle se faisait d'un port, ouvert sur l'escapade, avec la mer qui soulève notre esprit et dont le premier des sentiments est d'inciter à partir.

Alors soudain, elle eut envie de monter de nouveau sur les remparts, de contempler la campagne. Elle alla verrouiller la porte principale, emporta les clefs et descendit dans les galeries, là où la température était toujours la même et rien ne distinguait le jour de la nuit. K sortit par une porte secrète, qui devait être une de ces surprises architecturales que son prédécesseur avait voulu qu'elle découvre seule. La porte donnait sur un petit jardin à l'arrière de l'abbatiale.

C'était la nuit.

Elle courut à travers le lacis des ruelles. Elle se retrouva sur les remparts, dans cette obscurité qu'elle aimait de plus en plus, de celle qui fait lire le monde entre les lignes. Elle fixait un horizon indécelable, qu'elle savait là absorbé par le noir.

K était là depuis plusieurs heures maintenant, il ne faisait ni froid ni chaud, c'était toujours cet étonnant intermédiaire qui hésitait maintenant entre deux saisons. Le vent se leva d'un coup. Malgré l'obscurité, K distingua les herbes hautes bouger au sol, elles ondoyaient comme une houle, formant les mêmes vides ténébreux et les mêmes saillies huileuses sous la lune. Elle reprit alors le chemin dans l'autre sens, avec la même fougue, puis changea de direction, remonta dans la rue de l'appartement de sa mère mais s'arrêta avant d'en atteindre l'immeuble, tourna sur un petit chemin plein d'une terre humide et ouvrit un box que les déflagrations n'avaient jamais endommagé.

À l'intérieur, une vieille moto de l'époque soviétique qu'elle avait héritée de son père et qu'elle adorait conduire sur les routes sinueuses, au nord de la ville. Elle la poussa à l'extérieur et l'enfourcha. À l'arrière, des sacoches d'un cuir craquelé avaient transporté les nombreux documents de son père, quand il était en mission ethnographique. Quand elle mit le contact et l'alluma, le moteur s'étouffa puis se stabilisa. K attendit qu'il monte en température, tourna la poignée sans enclencher de vitesse pour vérifier que tout allait bien dans cette vieille mécanique longtemps immobile. Aucune crispation inhabituelle, elle tremblotait toujours. Le bruit envahit la ruelle. Bientôt, K arriva au premier barrage militaire pour quitter la ville.

Les soldats vérifièrent son identité. Mutiques, ils se passèrent sa carte. L'archiviste les suivait du regard, fumant et faisant inlassablement le tour de sa moto. Elle redoutait un refus : ces hommes devaient avoir son signalement. Ils devaient aussi avoir pour consigne de la garder en ville. Elle allait leur demander ce qu'ils voulaient à la fin quand des phares apparurent dans ses rétroviseurs. Ils s'approchaient lentement, encore assez loin sur la route. Alors seulement les soldats lui tendirent ses papiers.

Les barrières se levèrent et elle piqua à travers la nuit. Sous son casque flottait un sourire.

Après de longues heures de route, zigzaguant entre les véhicules abandonnés, les chars détruits, les cratères de missiles et les stations d'essence sans carburant, K toucha au but, arrivant au nord d'Odessa. L'aube et son ciel rose infini donnaient une touche d'irréalité à la ville. Les rues étaient encore désertes, mais en arrivant à ses portes, elle aperçut deux jeunes soldats, écharpe sur le nez. Elle aurait juré qu'ils avaient les mêmes regards que ceux qui lui avaient ouvert la barrière, la veille, au moment de quitter sa ville. Quand ils la virent arriver, ils s'approchèrent lentement, le premier levant les deux mains, paumes ouvertes, à la fois pour la déconcerter et pour l'enjoindre à s'arrêter. Les hommes étaient nerveux, singulièrement sur leurs gardes, mais ils se détendirent aussitôt quand elle enleva son casque et qu'ils virent une jeune femme à la place de ce pilote. Ils ne semblaient plus si jeunes, vus de près ; leur corps, leurs gestes faisaient encore penser à des adolescents, prématurément vieillis par la guerre.

Elle continua de rouler jusqu'à se retrouver devant la statue de Taras Chevtchenko qui avait été entourée de sacs de sable empilés les uns sur les autres, se gara là et continua à pied jusqu'à la mer. Malgré les hommes et les canons postés sur la ligne de la côte, rien ne donnait l'idée, quand on regardait la mer, de la situation du pays. Les vagues montaient et s'effondraient avec régularité, ciel et horizon se confondaient toujours, et il y avait cet éternel parfum saumâtre.

« Vous n'êtes pas d'ici, ma petite. »

K sursauta et se retourna. Un vieil homme s'était assis à côté d'elle, sur un muret, et balançait ses pieds à la façon d'un enfant.

« Non, en effet, je voyage dans le sud.

— C'est rare, les voyageurs, en ce moment, on n'a plus le cœur ni le courage de partir, si ce n'est pour aller se battre. »

L'ancien fixait l'aube sans regarder la jeune femme.

« J'espère seulement pouvoir vivre assez longtemps pour quitter de nouveau cette ville. Et vous savez pourquoi ? Parce que j'adore y revenir. J'adore me laisser surprendre par sa richesse, son caractère quasi insulaire. C'est la plus européenne de nos villes. »

Il ajouta après un silence :

« Les problèmes de mémoire, qui nous viennent avec l'âge, ont au moins cette vertu de nous étonner de ce que l'on connaît si bien ! »

À son tour, K tourna la tête vers les flots : il lui semblait que l'indépendance battait toujours la coque des bateaux.

« Vous le savez sans doute, mais Odessa est une ville grecque. Ce n'est pas un hasard si on y a conservé, des millénaires après sa fondation, cet appétit de liberté. Ainsi étaient les navigateurs et les colons grecs, ainsi nous sommes, cela nous parcourt et nous relance constamment. »

Le vieil homme tourna un regard voilé de souvenirs vers K.

« Moi aussi, j'ai été cet homme, ce marin, avec cette fougue. C'est même elle qui m'a pris, une nuit de tempête, mais je ne lui en veux pas. C'est ainsi que certains se sacrifient. Par amour pour leur passion. »

Au même moment, un bruit monta de la ville. K crut, au départ, à une clameur, mais c'était autre chose : un chant de matelots. Une voix grave qui emplissait la matinée qui se levait. K tourna la tête, mais elle était seule désormais sur la digue.

Chapitre 43

Cette guerre n'était pas qu'une affaire de politique, de langues ou de frontières. En réalité, elle opposait deux conceptions de l'homme. La première, celle d'un être indomptable, bercé par les mers, leur accalmie autant que leur férocité, portant en lui le commerce et l'aventure, arpentant des horizons libres de terres et d'hommes. Et cet être vivait en homme grec, à travers Ulysse et ses ruses, sa farouche volonté de rester libre, de braver des monstres aussi terrifiants qu'insidieux, de s'y opposer, brûlant toujours sous le soleil ou la lune de retrouver Ithaque, sa patrie.

L'autre conception, au contraire, était plus proche d'une inclination sédentaire. Avec une géographie plus massive, plus influente sur ses voisins directs, moins portée sur les échanges et le brassage de destins, davantage tournée vers elle-même, sans doute moins prompte à découvrir, puisqu'elle prend ses instincts dans sa conservation. Cet être-là agit, mais toujours sous le signe du verrou.

Comment ces deux conceptions pouvaient-elles s'entendre ? En elles germaient des espoirs différents.

C'était ça, Odessa : ce port tourné vers l'inconnu et les lointains. Les marins sont ces personnes dont l'esprit est au large, des êtres indépendants qui ne se soumettent pas tant la mer inspire la désobéissance. Ces hommes regarderont toujours la ligne d'horizon comme un appel vers l'ailleurs, non une opposition, mais bien un enrichissement.

Odessa.

Dans cette ville au nom grec, le symbole s'élevait. Marchands, happés loin de ce nid de terre par les huiles, les pierres et les tissus, tout ici sentait mille épices, mille langues et cultures. Dans cette ville de Babel, les hommes étaient farouches et portaient des noms de cosaques, de vikings ou de juifs.

Dans les rues d'Odessa, le chant reprenait ces découvertes. La voix de stentor montait, reprise bientôt par d'autres voix, portées elles aussi par les vents portuaires ; c'était la ville des chants, des voix mêlées, d'une première marche vers la démocratie. Ces chants transmis par les aèdes, eux-mêmes grandis par leurs voyages. K regarda ses avant-bras : ses veines charriaient le mot liberté.

CHAPITRE 44

K avait repris immédiatement la route : il ne fallait pas s'attarder, éviter que l'Homme au chapeau ne sache qu'elle était partie. Quand elle arrêta sa moto devant le box, elle vit deux yeux s'ouvrir derrière un arbuste. Un jeune homme s'avança : il l'attendait. K reconnut Sergiy, un ami de Mila. Ils se fixèrent un temps, puis elle enleva son casque.

« Ça alors, j'ai cru un instant que Mila avait changé de couleur de cheveux et qu'elle était revenue ! » s'exclama le jeune homme.

K baissa la tête. Si seulement.

Sergiy poursuivit :

« Cela aurait été étrange, cela dit, qu'elle change comme ça de couleur, en pleine guerre. La semaine dernière, quand je l'ai croisée dans les forêts de Buda-Babynetska, elle était toujours rousse. Je passais par là et je me suis souvenu du garage de votre moto. Par un trou dans le mur, j'ai vu qu'elle n'y était plus, alors je suis resté un peu, voir si quelqu'un reviendrait. »

Dans sa tête, l'archiviste se répéta ce qu'il venait de dire sur Mila.

« Tu as dû confondre, prendre une autre rousse pour ma sœur.

— C'est peu probable, dit-il dans un rire, on s'est parlé toute une soirée. Elle m'a demandé plusieurs fois tout ce que j'avais appris sur toi et sur ta mère depuis son départ. Un vrai interrogatoire ! »

K coupa le moteur et les phares s'éteignirent.

« Attends ! Tu l'as vraiment vue ? Où exactement ? Tu étais en prison avec elle, donc ? C'est là-bas que vous vous êtes parlés ?

— Du tout ! J'étais parti me battre avec les gars de notre ville, mais j'ai été touché au bras dès la première semaine... Un ricochet, là, sous l'articulation... Quelle douleur ! Après quelques mois d'hôpital militaire, je suis revenu ici, pour savoir si ma famille allait bien. Les deux femmes qui m'ont amené ont voulu faire un détour pour rencontrer des fugitifs près de Kyiv, voir si elles y retrouveraient des cousins, je crois. Et c'est là que j'ai vu ta sœur, comme par miracle.

— Mais qu'est-ce qu'elle faisait là ?

— Elle a été retenue dans un camp de l'autre côté de la frontière. Tout est parti d'un de nos obus, qui a malheureusement touché le bâtiment principal... Par chance, elle était dans la cour, à ce moment-là, et avec la pagaille que ça a mis, elle a pu s'évader ! Huit cents kilomètres, nuit et jour, toute seule. T'imagines, la guerrière ? dit-il en riant.

— Mila ! s'écria-t-elle. Tu peux m'indiquer comment je peux m'y rendre ?

— Oui, bien sûr ! »

K fouilla une des sacoches de la moto et en sortit une carte des régions de l'est. Sergiy lui expliqua l'itinéraire le plus sûr pour rejoindre la forêt où devait se trouver encore sa sœur.

« Si tu sais où est Mila, tu n'es pas en sécurité ici. Prends les clefs de l'appartement de ma mère... Il n'y a plus personne, désormais. Fais-toi discret et quitte cette ville dès que tu le pourras. Tu viens de me dire quelque chose de dangereux pour toi, ma sœur est certainement très recherchée à l'heure actuelle.

— Je ne dirai rien si on me met en cage ! On était tous amoureux de vous deux, à seize ans ! »

K se mit à sourire.

Elle sortit du box un bidon d'essence, fit le plein du réservoir et ralluma le moteur. Sergiy lui sourit dans la lumière du phare et lui souhaita bonne chance. Le jour se levait quand l'archiviste repartit sur les routes.

Chapitre 45

Elle parcourut des kilomètres, traversa des forêts, évita les grands axes et privilégia les chemins agricoles, comme le lui avait conseillé Sergiy. Le bruit du vent était fort sur le casque, assourdissant ; des mèches de cheveux battaient dans son cou. K n'avait pas dormi depuis plusieurs jours, mais l'excitation de cette nouvelle la faisait trembler de joie : aucune fatigue ne pesait sur ses membres, aucune faim ne tiraillait son estomac. Mila était vivante et libre !

L'issue était inespérée. K voulait croire à une vie nouvelle, une vie loin de tout ce qui s'était passé depuis l'invasion, étrangère au sang répandu et à la souillure des hommes. Elle ne se sentait plus capable d'avoir peur pour Mila.

Cette journée à Odessa et leur mère disparue étaient un point d'ancrage. Alors, comme ces marins qui s'en vont pour revenir et ces artistes en exil, Mila et elle se détourneraient pour un temps, iraient vivre en France, près de la mer. Des années plus tôt, K avait vu la photo d'un glorieux promontoire, d'où une abbaye s'élançait vers le ciel. Les eaux, selon la légende, affluaient et refluaient tout autour, selon les marées. Elles se blottiraient là, toutes deux, sur un balcon à la regarder dans sa plaine de sable, bercée de paix.

Commencerait alors une lutte à distance, elles témoigneraient : de la guerre pour Mila et des falsifications culturelles pour K. Les sœurs rempliraient là-bas leur rôle, tant que leurs vies seraient menacées dans leur pays.

Après une journée harassante au guidon de sa moto, des heures ponctuées de longues négociations pour remplir le réservoir, et qui lui firent abandonner ses derniers bijoux, elle arriva, le soir venu, à l'orée du bois. Tout au long de sa traversée, elle avait marqué des arrêts plus nombreux que le strict nécessaire. Elle y avait cherché l'assurance que ce sentiment d'être suivie partout où elle cherchait refuge, et qui ne la quittait pas, n'était qu'une vaine inquiétude. Les bosquets, les champs et les petits bourgs étaient chaque fois silencieux, rarement une voiture à l'horizon, cahotante sur les chemins, ou un passant sur sa route. Toutes les fois où cela était arrivé, l'archiviste avait patienté le temps nécessaire à leur disparition.

La forêt était silencieuse, seul un torrent coulait en contrebas. K s'engouffra sous les arches des arbres et, carte en main, fit le reste du chemin à pied. Elle marcha de nouveau plusieurs heures. Les fugitifs avaient établi un code connu d'eux seuls pour se repérer. Au sol, uniquement au pied des hêtres, des pierres avaient été entreposées d'une certaine manière pour indiquer la prochaine direction. Sergyi avait été très clair là-dessus, et toutes les instructions s'étaient imposées à sa mémoire. Emportée par ces signes dans la forêt, K repensait à tous ces mois qu'elle venait de vivre, quand elle entendit une branche craquer derrière elle. Elle s'immobilisa, sans se retourner.

« Bouge pas !

— Ne tirez pas ! Je suis venue chercher ma sœur !

— Et qu'est-ce qui t'a fait penser qu'elle pourrait être ici ?

— C'est un de ses amis, Sergyi, qui l'a croisée la semaine dernière. Elle s'appelle Mila, c'est une fugitive, et je le suis également depuis ce matin... »

La personne dans son dos marqua un silence.

« Mila ? Et comment est-elle, cette Mila ?

— C'est ma jumelle, mais on ne se ressemble pas : elle est rousse, avec des grains de beauté sur les mains, elle fait ma taille. Ah, et elle est photographe ! »

Après un silence, l'homme reprit :

« C'est donc toi, K ?

— Oui ! Oui ! C'est moi !

— Suis-moi. »

L'archiviste se retourna et aperçut l'homme remettre son fusil sur l'épaule. Ils marchèrent l'un derrière l'autre sans se parler pendant plusieurs minutes, avant d'arriver aux abords de quelques tentes.

« Mila ! C'est pour toi !

— J'arrive ! »

La voix de sa sœur ! K s'écroula sur une souche, l'œil hagard. C'était plus qu'elle n'aurait jamais osé espérer. La toile d'une des tentes se souleva.

C'était elle !

Elles se regardèrent, sans rien dire, puis s'approchèrent lentement l'une de l'autre avant de se prendre dans leurs bras.

« K ! Je suis tellement heureuse ! » s'exclama Mila.

Les deux jumelles se passaient mutuellement les pouces sur les joues pour en chasser les larmes.

« Il faut qu'on y aille, Mila, tout de suite !

— Mais qu'est-ce qu'il se passe ? Tu sais, nous sommes en sécurité ici !

— J'ai été contrainte de rendre un certain service qui ne me vaudra pas de m'en sortir, Mila... Toi aussi, on te cherche... Prends tes affaires, on s'en va. »

Mila regarda sa sœur avant de faire demi-tour vers la tente pour récupérer son sac : K avait changé. Mila le percevait par cette profonde sensibilité de l'enfant qui reparaissait chaque fois qu'elles se retrouvaient.

Elle disparut derrière la toile. Cette petite séparation était en trop : K la suivit pour ne pas la perdre de vue. Elles rassemblèrent ses vêtements, en prirent d'autres pour K, et un sac de couchage, bavardant et riant sur l'« état de sa chambre », qu'elle ne rangeait toujours pas.

« Je n'ai pas pu revenir dans notre ville... J'ai pourtant essayé, chaque fois on a failli me prendre... Je suis désolée, K.

— Ne t'en fais, je savais bien que tu faisais tout pour nous revoir.

— Comment va maman ? »

Mila lui posa la question au moment où elles sortaient de la tente. Les cinq autres fugitifs du camp étaient alignés à genoux, à quelques mètres des tentes, gardés par une troupe de soldats en noir. Devant elles, au point exact de leurs retrouvailles, se tenait l'Homme au chapeau.

« En parlant de votre mère, heureusement qu'elle n'a eu que deux filles. Deux autres encore comme vous et nous perdions la guerre. »

Les soldats en noir se mirent à rire.

« Je savais bien qu'il suffisait de vous filer pour retrouver Mila. L'affection, c'est le meilleur des guides. On se serait épuisé en satellites, reconnaissances aériennes et interrogatoires tachés de sang pour un résultat certainement nul, quand il suffit simplement de suivre les gens qui s'aiment.

— C'est à lui que j'ai rendu service, murmura K à sa sœur.

— Vous voyez, l'archiviste, votre sœur est là, en vie. J'ai tenu parole et je continuerai de le faire. Maintenant, venez avec moi, nous avons un travail à terminer.

— Et Mila ? Qu'est-ce que vous allez faire d'elle ? lança K.

— Elle repart avec ses petits camarades. Je me moque d'eux, ils ne représentent rien. Quant à vous, il reste une dernière chose que vous seule êtes en mesure de me donner. Alors : en route, ma chère. »

Il mâchouilla sa réglisse, regardant les deux sœurs et acheva son discours :

« Je vous aurais bien laissé cinq minutes, ne serait-ce que pour vous dire adieu convenablement, dans l'effusion... mais non. »

Puis il se tourna vers ses hommes qui gardaient les fugitifs :

« Relâchez-les ! Mila ! En route avec eux, allez ! Sans tarder. Ouste ! »

Il se mit à taper dans ses mains pour brusquer le départ. K poussa sa sœur qui ne voulait pas s'éloigner. Mila ne bougea pas. Une seconde fois, elle la poussa très fort et Mila, contrainte par le déséquilibre, se mit en marche, toujours tournée vers K, lui murmurant une chose toute simple, qui ne se dit vraiment qu'ainsi :

« Je t'aime. »

CHAPITRE 46

Cela faisait une semaine que K était revenue à sa tâche. Et ce matin-là, à peine passées les portes de la bibliothèque, elle tomba sur ce livre, déposé au milieu de son bureau, vide par ailleurs. Sa mémoire lui avait toujours suffi pour reconnaître chacun des livres de sa bibliothèque. Possédant le souvenir des couvertures, des tranches et des dos, son cerveau compilait, organisait et archivait lui aussi. C'était son seul orgueil et devant celui-là, pas la plus petite réminiscence ne s'agitait sous son crâne. Elle ne l'avait jamais vu : ni sur son bureau, ni sur aucune étagère, ni, elle en était sûre, dans aucune des situations de sa vie, à l'université, chez des amis, dans une librairie, chez un bouquiniste.

De petit format, épais de deux à trois centimètres, il attirait immédiatement l'attention par sa couverture aux reflets dorés sur laquelle était joliment agencé un relief, à l'image des nervures d'une écorce. On aurait cru que la sève y coulait. K passa une main sur cette couverture inédite, aussi hypnotisée par cette merveille que surprise par cette apparition qui avait débarrassé le bureau de ses innombrables encombrements.

Elle s'assit face au livre, curieuse de cet inédit. Avait-il été mis là par l'Homme au chapeau ? Dans ses mains et jusqu'à l'extrémité de ses doigts, elle sentit bourdonner les âmes en de profondes vibrations. L'archiviste posa ses paumes sur la couverture.

K s'adossa à sa chaise, puis souleva la couverture entre son pouce et son index, d'une façon solennelle. Elle ouvrait ce livre comme on ouvre les portes d'un lieu saint : avec recueillement.

À l'intérieur, il n'y avait rien. Que des feuilles blanches. L'énigme venait de retomber. K tourna machinalement les pages, dans un geste plein de résignation. Aucune inscription, aucun signe qui aurait pu la mettre sur la piste d'une époque, un auteur. C'était là, semblait-il, un livre en devenir.

Une lumière vive, d'une blancheur aveuglante l'entoura...

CHAPITRE 47

Dans ce jour excessif, K avait du mal à envisager les contours de la silhouette assise devant elle. K s'approcha dans le feu de cette lumière et vit une jeune femme de dos, avec des formes qui refusaient de naître. Un arbre se déployait au-dessus d'elle et apparaissait cependant dans toute sa netteté.

Ce devait être le printemps, car sur les branches poignaient quelques bourgeons, encore dans leur coque protectrice, guettant le moment opportun. À côté d'elle, un clair ruisseau aux reflets d'argent et aux mille facettes miroitantes, dont quelques poissons perçaient la surface avant d'y replonger. De l'autre côté de la rive, des flaques stagnantes montraient l'égarement de l'eau hors de son cours, sortie de son lit avant d'y retourner.

Tandis que K s'approchait, l'arbre pencha sous l'effet d'une bourrasque et ses feuilles produisirent le chant de mille cigales. La jeune femme leva la tête de ce qui semblait être un cahier, se tourna pour s'adosser contre l'arbre, la tête en arrière. Elle était maintenant de face. La lumière tombait sur le haut de son front et baignait ses cheveux d'une teinte rousse descendant sur ses épaules vers une profonde obscurité. La couleur prenait des teintes irisées, tirant sur le rouge, comme ces livres couverts de feuille d'or dont l'archiviste prenait un soin tout spécifique.

Quelques enjambées les séparaient. Le vent s'arrêta soudain : sans sa basse continue, les oiseaux cessèrent leur chant. Seul le ruisseau coulait. Et K put distinguer les traits de cette femme. Elle retint sa respiration et interrompit ses pas. La personne devant elle, c'était Mila. Un cri muet sortit de sa bouche. Elle tenta une seconde fois de parler, puis se rappela qu'elle n'avait jamais pu le faire avec aucun des artistes qu'elle avait approchés.

Que voyait-elle au juste en face d'elle ? Lors de ses autres voyages, il s'agissait du passé, or ici se dévoilait autre chose : un désir ? Une réalité ? Le futur ? Pourquoi sa sœur écrivait-elle sur un cahier ? Que pouvait-elle écrire ?

D'un pas rapide, elle courut vers sa sœur, poussée par la crainte que ce miracle ne s'éloigne à nouveau ou ne soit qu'une étrange remémoration, dont elle aurait perdu la trace. Le parfum qui émanait de Mila était le même qu'à la campagne, derrière la maison aux vitraux, cela lui revenait maintenant. Un instant, elle sourit, puis ouvrit de nouveau les yeux.

Mila venait de refermer son cahier. Sur la couverture, elle avait simplement dessiné les armoiries de l'Ukraine : un *trézub*, ou trident jaune sur fond bleu, au-dessous duquel un seul mot était écrit : « воля ». La volonté. Enfin, en dessous, avec une écriture déliée, un titre : *L'Archiviste*.

Cette couverture lui fit l'effet d'un déferlement de joie. Sous l'emblème, l'année montrait bien que le temps de ce texte n'était pas encore venu. Et ce titre ! De quoi parlait ce livre ?

Sa sœur, adossée à cet arbre, dans un pays qui était vraisemblablement en paix, avait dessiné le symbole de l'Ukraine. Ainsi, rien n'était perdu : K avait été poussée dans cette vision pour le voir. L'émotion fit asseoir la jeune femme. Elle renversa sa tête, puis tout son corps, s'étendant dans une herbe chaude.

Mila rouvrit le cahier, noirci de notes et raturé par endroits. K se rapprocha davantage, mais sa sœur ne semblait pas la voir. L'archiviste put lire les premiers mots :

« La nuit était tombée sur l'Ukraine. »

Elle aurait voulu lui dire combien elle l'avait aimée, et qu'elle n'était désormais plus la même qu'avant la guerre. Voyager à travers les époques et les histoires lui avait permis de sortir de son jardin d'archives. Elle avait parcouru le monde, comme Mila avant elle, et elle avait aimé cette vie.

K posa la main sur l'épaule de Mila. Un temps, elle crut que sa sœur l'avait sentie, parce que cette dernière avait ouvert les yeux et tourné la tête. Mais elle ne la regardait pas, K était invisible à ses yeux. Leurs regards se croisèrent le temps d'un hasard. Soudain, Mila porta la main à sa tempe et K aperçut à son poignet un bracelet de cuir noir. C'était sa montre, la même que celle qu'elle portait en ce moment, à un détail près : la trotteuse marchait de nouveau.

Quelques secondes s'écoulèrent ainsi, peut-être davantage. K regarda une nouvelle fois le lit de la rivière et se dit qu'il en allait de même pour les histoires, les contes et les légendes : elles pouvaient sortir de leur lit, être oubliées un temps et se faire marécages, voire asséchées par les fortes chaleurs, mais elles reviendraient toujours dans leur berceau.

Les textes sont ces tissus que les êtres portent, même quand ils sont nus.

Chapitre 48

K reparut devant son bureau. Le livre avait disparu. Quelque chose venait de changer, l'air était plus pesant. L'ombre vacillait du mouvement des lampes, suspendues au plafond. Sans qu'elle sache pourquoi, elle savait que l'Homme au chapeau était derrière elle. Sa présence ne l'effrayait plus. Dans son esprit, les images de sa sœur écrivant son livre faisaient de tout cela un monde qui aurait sa suite, quelle que soit la plaie que cet homme empoisonnerait sans cesse. Elle avait maintenant un secret contre la peur et le désespoir, un sentiment plus grand qui la dépassait :

« Je sais que vous êtes là. »

K avait une voix ferme, assurée. Le temps de quelques secondes, elle entendit sa respiration, suffisamment pour comprendre que l'homme avait été déstabilisé. Assise à son bureau, la tête relevée et le regard droit, l'archiviste ne lui laissa pas l'occasion de répondre et enchaîna :

« J'en ai fini avec Isaac Babel, je sais pourquoi vous êtes venu ce matin. N'éternisons pas les adieux. »

Un bruit de feutrine lui fit comprendre que l'homme avait enlevé son chapeau et en suivait les bords de sa main.

Après avoir été son unique solution, elle savait qu'elle n'était plus qu'un immense danger pour lui. Elle était la seule à connaître le trucage de toute cette culture. K ne se faisait aucune illusion : l'Homme au chapeau ressentait en cet instant le besoin impérieux de la faire disparaître.

Il prit la parole :

« Il est temps d'ouvrir cette porte au fond du souterrain. »

K sortit son trousseau de clefs et lui tendit la plus petite qui lui donnerait accès aux œuvres.

C'est à ce moment-là, d'un geste lent qui décuplait son plaisir, que l'homme sortit un pistolet de sa poche. Il en caressa la crosse d'un noir brillant. Son extrémité ternie par la poudre montrait qu'il avait servi plusieurs fois. Puis, de façon plus brutale, avec la rapidité d'un chasseur sur sa proie, l'Homme au chapeau pointa son canon sur la nuque de l'archiviste.

CHAPITRE 49

Il ne pressa pas la détente.

« Levez-vous ! Vous allez prendre les livres les plus importants à vos yeux, nous allons les descendre dans la crypte. »

K ne cilla pas, elle était déjà ailleurs, ses gestes ne lui appartenaient plus. Durant quelques heures, elle entreprit méthodiquement de regrouper les titres qui avaient marqué son existence. À chacun des textes retirés des étagères, K retrouvait des souvenirs qu'elle pensait perdus. La première histoire adorée de son enfance, les premières larmes au collège, le premier bouleversement littéraire au lycée, la première révolte, le premier livre ouvert et aimé dans cette bibliothèque, le livre le plus précieux, celui qui était le plus cher dans sa collection, mais aussi celui à l'imagination la plus délurée, tous ceux qui avaient fait advenir qui elle était.

Et ce soir-là, entourée de tous ces livres, ces textes qui jalonnaient sa vie, K était à sa place.

Elle descendit un à un ses livres dans la crypte. Bientôt, celle-ci fut remplie, et l'archiviste se tenait au milieu de ces textes qu'elle connaissait par cœur.

L'Homme au chapeau qui se tenait devant l'ouverture la fixa quelques minutes sans rien dire, sortit et referma la porte sur elle, puis la verrouilla. Les derniers bruits qu'elle entendit furent ses pas remontant l'escalier. Dans cette crypte, son sort était scellé, il n'y avait aucune issue, aucun moyen de s'échapper.

L'archiviste se tint ainsi des jours durant, à toucher les livres du bout de ses doigts, à se remémorer dans ce mausolée ce qu'avait été sa vie. À son dernier soupir, son esprit se déplia comme les pétales frêles et froissés d'un coquelicot.

Cet ouvrage a été achevé d'imprimer sur Roto-Page
pour le compte des éditions Aux forges de Vulcain
par l'Imprimerie Floch, à Mayenne,
en novembre 2022.

Imprimé en France
Dépôt légal : octobre 2022
N° d'édition : 152-01 – N° d'impression : 101422